Anton Reinbold

Das Jahr 2013 - Meine Mama wäre 100!

Ein Blick in die Zeiten des Lebens einer einfachen und doch außergewöhnlichen Frau

JOHANNA REINBOLD

2013 - Bad Nauheim

„Wenn Du noch eine Mutter hast, so danke Gott und sei zufrieden".

Dieser einfache Satz war auf einer Bürstentasche eingestickt, die bei uns lange Jahre an der Wand im Zimmer hing.

Im Nachhinein denke ich:

„Wenn Du aber sie nicht mehr hast, so vergesse nicht, was sie für Dich war".

Dieser Bericht ist mit Dank meiner Mutter gewidmet.

Inhalt

Inhalt 4

Einführung,... 5

Die Kindheit 9

Die Jahre bis zum zweiten Weltkrieg... 12

Der Krieg 1941-1945. – Flucht und Vertreibung.............................. 26

Спецпоселение - Sondersiedlung in Sibirien................................... 40

Eingeschränkte Freiheit, Sibirien ade!... 63

Die erste Ausreisewelle nach Deutschland 88

Nachwort 98

Einführung,

Meine Mutter, Johanna Reinbold, geborene Scherer, ist am 27. Juni 1913 im damaligen Russland, heute Ukraine, im Dorf Baden geboren. Das Dorf heißt heute Otscheretowka, es liegt ca. 50 km westlich von der Hafenstadt Odessa entfernt.
Der Vater in der Familie, Anton Scherer, war kein Bauer im echten Sinne sondern Handwerker, Tischler vom Beruf. In diesem Beruf hat er auch seinen Sohn, meinen Onkel Josef angelernt. Die Mutter, Dorothea, geborene Bartsch, kam aus dem anderen, nahe liegendem Dorf Elsass.
Baden war damals eine von ca. 3500 deutschen Siedlungen im Russischen Reich. Die Siedler, wie auch wir, ihre Nachkommen, sind als „Russlandsdeutschen" nach dem heutigen Lexikon bekannt. Der Begriff ist korrekt. Nicht selten werden wir in der Presse oder in der Bevölkerung falsch als „Deutschrussen" bezeichnet. Klingt ähnlich wie „Deutschtürken", damit verdreht man aber die wahre Bedeutung des Wortes.

Die deutschen Einwanderer spielten in der Geschichte des Russischen Reiches eine sehr große Rolle. Berühmte Politiker, Wissenschaftler, Feldherren, Dichter und Schriftsteller, Geographen und Entdecker hinterließen tiefen Spuren in der Geschichte dieses Landes. Besonders willkommen war in Russland der massenhafte Zuzug der Deutschen zwischen dem

Ende des 18ten und dem Anfang des 19ten Jahrhunderts. Nach mehreren Kriegen in vorigen Zeiten und vor allem nach den siegreichen Kriegen gegen die Türken, konnte Russland riesige Gebiete zu seinem Territorium gewinnen. Dieses neue Land war fast menschenleer. Daraufhin hat die Zarin Katharina II, die Große, ein Manifest am 22.07.1763 erlassen, mit dem Aufruf, Ausländer zur Einwanderung nach Russland zu bewegen. Später kam das ergänzende Manifest vom 20.02.1804 ihres Enkels, Alexanders I, in dem einige Punkte korrigiert und erweitert wurden. Dies war die Grundlage für die massenhafte Einwanderung der Deutschen, die zuerst das Wolgagebiet und dann andere Regionen des Landes besiedelten. Die ersten deutschen Siedler, welche an die Wolga kamen, kamen überwiegend aus Hessen. Dieser Einwanderungsprozess der Deutschen ging viele Jahre weiter und dauerte fast ein Jahrhundert. Sie siedelten in praktisch allen Teilen Russlands, vorwiegend jedoch an der Wolga und rund um das Schwarze Meer. Insgesamt vermehrte sich rasant die Zahl der Russlandsdeutschen; aus den etwa 100.000 Einwanderern entstand bis Anfang des 20ten Jahrhunderts eine Volksgruppe von 1,7 Millionen Menschen.

Je nach Siedlungsgebieten unterteilt man die Deutschen in Russland als Wolgadeutsche, Schwarzmeerdeutsche, Krimdeutsche, Kaukasusdeutsche, Wolyniendeutsche, Sibiriendeutsche u.a.

Zu dem Begriff „Schwarzmeerdeutschen" gehören deutsche Kolonisten, die das Land zwischen den Flüssen Dnjestr und Bug besiedelten. Die Kolonien unterteilten sich hier in vier Siedlungsgebiete: Beresaner, Liebentaler, Kutschurganer und Glückstaler.

Unsere Eltern lebten in der Kutschurganer Region. Die bedeutendsten Kolonien des Kutschurganer Gebiets (Kutschurgan ist in kleiner Nebenfluss von Dnjestr) waren Straßburg (heute Kutschurgan), Baden (Otscheretowka), Selz (Limanskoe), Kandel (heute Rybalskoe)), Mannheim (heute Kamenka) und Elsass (Stepanowka).

Unsere Vorfahren, wie auch Tausende Anderen, kamen 1808 ins Schwarzmeergebiet nach dem oben erwähnten Inkrafttreten des Manifestes des Zaren Alexanders I. Die Meisten waren Bauern und stammten aus den deutschen Gebieten Baden, Württemberg, Pfalz sowie Elsass. Sie suchten aus Not und Verzweiflung, die nach unendlichen Kriegen in Mitteleuropa entstanden, ihre Hoffnung auf ruhiges, menschenwürdiges Leben in der Ferne. Die versprochenen Privilegien wie etwa Religionsfreiheit, Befreiung vom Militärdienst, Selbstverwaltung auf lokaler Ebene mit Deutsch als Amtssprache, finanzielle Starthilfe, Darlehen, 30 Jahre Steuerfreiheit u.a. waren auch sehr verlockend.

Was war das für ein Jahr, das Jahr 1913! In allen Hinsichten ein besonderes Jahr, wie es sich später herausstellte. Es

herrschte FRIEDEN. 1913 – das letzte Jahr vor dem Beginn des Ersten Weltkriegs. Eine heile Welt in Europa. Kaiser Wilhelm II von Deutschland feierte sein 25-jähriges Regierungsjubiläum, die Romanows in Russland ihre 300-jährige Geschichte und in Österreich führte Kaiser Franz Joseph seit nun 65 Jahren das Land.
Das Jahr 1913 war für Russland durch höchste wirtschaftliche Produktivität und Prosperität in ihrer bisherigen Geschichte gekennzeichnet und war der Maßstab / Etalons für die kommunistische Führung noch viele Jahre danach.

Die deutschen Siedler schafften es in etwas mehr als 100 Jahren durch Fleiß, Schweiß und Blut zu verdientem Wohlstand. Der Alltag in den deutschen Kolonien zeichnete sich im Jahr 1913 durch friedliche Normalität aus.
Das war ein Jahr der unbegrenzten Möglichkeiten für die Menschen und gleichzeitig das Jahr der vergebenen Chancen. Nun, es war aber nur die Ruhe vor dem Sturm, wie die Russen sagen „затишье перед бурей". Nach diesem Jahr ging Vieles bergab. Die turbulenten Jahre danach rissen Menschen und Schicksale der Generation meiner Mutter, wie im stürmischen Meer mit sich, mit Höhen und Tiefen. Nichts mehr war normal, nichts mehr war stabil und vorauszusehen. Für Millionen Menschen in ganz Europa brachten die Folgejahre großes Leiden.

Nebenbei sollte erwähnt werden, dass dieses Jahr 1913 nicht nur das Geburtsjahr meiner Mama, sondern auch das des Bundeskanzlers Willi Brand sowie der US-Präsidenten Richard Nixon und Gerald Ford war. Alle kamen gleichberechtigt ins Leben, nur weit nicht Jeder hatte die großen Chancen.

Die Kindheit

Meine Mutter war die jüngste von fünf überlebenden Kindern in der Familie (insgesamt waren es 12 Geschwister) zu denen weiterhin der ältere Bruder Josef (1903-1983) sowie drei Schwestern zählten: Elisabeth (1904-1933), Brigitta (1905-1965) und Mathilda (1910-1989). In den ersten Jahren ihres Lebens tobten zuerst der erste Weltkrieg, dann die russische Oktober-Revolution und der russische Bürgerkrieg. Das ganze Russische Reich war im Aufruhr. Die Deutschen in Russland hat es in dieser und der folgenden Zeit hart getroffen. Die ständigen Forderungen zur Abgabe von am Land erwirtschafteten Produkten an die revolutionären Kräfte während der Zeiten des Kriegskommunismus nach der Revolution zerrten an den Kräften und am Wohlstand der Russlandsdeutschen. Besonders schlimm für die deutschen Kolonisten waren die Jahre des Bürgerkrieges (1918-1920). Die deutschen Dörfer waren mitten drin in den Schauplätzen kriegerischer Auseinandersetzungen zwischen den Bürgerkriegsgegnern. Die Strapazen für die Bevölkerung durch das Hin- und Wegrücken der unterschiedlichen feindlichen Parteien (Roten-Bolschewiki, Weißen, Grünen, Anarchisten und sonstige), waren enorm. Jede Partei wütete und propagierte für eigenen Visionen, Ideen und Interessen, jeder der Kriegsherren rekrutierte junge Männer, forderte beim Einzug ins Dorf Tribut. Dass viele dabei sehr oft brutale Gewalt anwendeten, ist ein weiteres dunkles Kapitel für sich. Der von den Kolonisten organisierte Selbstschutz durch Dorfmilizen brachte letztendlich nur den Tod vieler Dorfeinwohner. Unter vielen Opfern war auch mein Urgroßvater Michael Volz, der von den „Roten" erschossen wurde.

Den Krieg konnten die Bolschewiki durch Rücksichtslosigkeit und Entschlossenheit für sich entscheiden. Zerrüttung herrschte im Land. Nach dem Ende des langandauernden Bürgerkrieges kam in den meisten westlichen Teilen von Russland eine schreckliche Hungersnot, welche durch Missernten und vor allem durch die Zwangspolitik des Kriegskommunismus der neuen Bolschewiken-Regierung ihre Gründe hatte. Den Bauern wurde das Letzte abgenommen, alle Vorräte, das Saatgut war weg. Mindesten 20 Mio. Menschen erlitten eine nicht zu beschreibende Form von Hunger. Auch eine furchtbare Pest brach aus. Ein Hilferuf des bekannten russischen

Schriftstellers Maxim Gorkij an die Weltöffentlichkeit erschien in der Presse, woraufhin eine großzügige Hilfe eingeleitet wurde. Durch die bekannte amerikanische Hilfsorganisation ARA (American Relief Administration - Verwaltung des Amerikanischen Hilfswerks), die Bemühungen des Roten Kreuzes unter leidenschaftlicher Beteiligung und Vermittlung des norwegischen Polarforschers Fridtjof Nansen, mehrere ausländischen mennonitischen und andere Organisationen wurde aus dem Ausland eine riesige Hilfsaktion organisiert. Die Hilfe von den wohltätigen ausländischen Hilfsorganisationen betrug das Zehnfache dessen, was die sowjetische Regierung durch eigene Ressourcen letztendlich zur Verfügung gestellt hatte. Beteiligt an den Hilfsaktionen waren auch ehemalige Russlandsdeutsche, die Ende des 19ten Jahrhunderts weiter nach Amerika emigriert sind.

Viele von unseren Leuten erinnerten sich ihr Leben lang mit großer Dankbarkeit an die eingerichteten Küchen und Pakete aus Amerika. Trotz der großen Hilfslieferungen hatte Russland etwa drei bis fünf Mio. Hungersopfer zu beklagen, unter ihnen schätzungsweise 120.000 Russlanddeutsche (48.000 allein im Wolgagebiet).

Im Jahr 1922 ist auch der Vater von meiner Mutter, Anton Scherer verhungert. Der damals 18 Jahre alte Onkel Josef (Mutters Bruder) war von nun an der einzige Mann in der

Familie. So hat die Familie den Ernährer verloren und es kamen sorgenvolle Jahre. Über diese geplagte Zeit hat Mutter viel erzählt. Es fehlte an allem, selbst die einfachsten Dinge fehlten. Die Bekleidung der Kinder war armselig. Als ein Mal ihre Mutter (meine Großmutter) ein wenig Geld zusammen gespart hatte, wollte sie dem Onkel Josef, der schon ein erwachsener Junge war, einen Anzug kaufen. Das Geld hat gerade noch dafür ausgereicht. Darauf hat Onkel Josef erwidert, besser den jüngeren Mädels etwas von dem Geld zum Anziehen zu kaufen, denn nach seiner Meinung hätten sie es notwendiger gehabt als er.

Irgendwie hat man sich durch diese Zeit durchgeschlagen und überlebt. Die Hungersnot der Jahre 1921-1923 war nicht die erste und nicht die letzte von Tragödien, die das Land dem kommunistischen Regime zu verdanken hatte.

Die Jahre bis zum zweiten Weltkrieg

Als Kind besuchte Mama den Kindergarten. In einer Broschüre, die der Badener Leo Deibele erstellt hatte, gibt es ein Foto von schlechter Qualität, auf dem sie mit anderen Kindern zu erkennen ist.

Später, schon in der sowjetischen Zeit, ging sie zur Schule, welche sie vier Jahre lang mit sehr gutem Erfolg besucht hatte. Sie zeigte große Fähigkeiten beim Lernen, so dass ihr Onkel sich bei ihrer Mutter fürs Weiterlernen eingesetzt hatte. Die damalige ungünstige materiale Lage erlaubte dies jedoch nicht, somit war ihr der Besuch der Schule weiterhin verwehrt.

In der Schule waren damals ortseigene, fremde aber auch einige russische Lehrer angestellt. Meine Mutter hat mit Humor oft die ukrainische Lehrerin Seraphina Tschpiga erwähnt, die ein sehr furchtbares Deutsch sprach und besonders stotterte, wenn sie aufgeregt die Schüler beschimpfte.

In der Schule hat sie die herrschende kommunistische Propaganda mit ständigem und hartem antireligiösen Druck und Zwang besonders gestört. Sie sagte, dass in dieser antireligiösen Schulatmosphäre sie auch nicht weiter lernen wollte, denn Mama war streng religiös. Religion war wie ein leuchtender Stern in ihrem Leben. Ihre Überzeugung war felsenfest. Man kann sich ihre Einstellung zu dem System in folgendem Sinne vorstellen, denn im Lande wurde nicht nur mündliche, antireligiöse Propaganda geführt, an der Tagesordnung standen auch die Verfolgung Geistlicher und sogar deren Ermordung, samt Kirchenschließungen.

Mama hat früh angefangen, auf Feldern als Tagelöhnerin zu arbeiten. So arbeitete sie auch auf den Feldern der Eltern ihres zukünftigen Mannes, meines Vaters Michael Reinbold.

Nach der Neuen Ökonomischen Politik (NÖP), welche die Regierung 1921 eingeführt hatte, wurde eine gewisse Reprivatisierung der Industrie, im Handel und im Land zugelassen. Den Bauern wurde Land zugewiesen und vorgeschriebene Abgabenormen für Agrarprodukte festgelegt. Das brachte einen Aufschwung im Land. Diese Rekapitalisierung dauerte bis ca. 1928, jedoch wurde sie von der folgenden stalinistischen Politik nicht weiter geduldet.

In den Jahren 1929-1930 kamen die Zeiten der Zwangskollektivierung der Bauernvermögen durch das kommunistische Regime. Für die Bauern war dies allgemein ein trauriges und schmerzhaftes Kapitel. Der Landwirt war mit Herz und Seele Herr auf seinem eigenem Lande, war stolz auf seine Pferde, Kühe und alles, was er durch eigene Kräfte und Fleiß erwirtschaftet hatte. Sein Vermögen war sein Leben, seine pulsierende Seele. Für die Bolschewiken dagegen waren Bauern Überbleibsel des Kapitalismus. In dieser Zeit waren es immer noch blühende deutsche Dörfer.

Nach dem Willen der praktizierenden Kommunisten sollte der Bauer durch die Zwangskollektivierung quasi zum Proletarier umgewandelt werden – ohne (oder nahezu ohne) Eigenvermögen. Durch die Zwangskollektivierung fehlte aber den Bauern weiterhin der Anreiz zur guten Arbeit. Die Leistungen bei den Bauern während der Kolchosezeit ließen nach, kaum jemand hatte den Ehrgeiz ernsthaft zu wirtschaften. Man hatte fast umsonst geschuftet, durch die Arbeit bekam man nur wenig zurück. Und die gesamte Ernte ging so wieso wer weiß wohin.

Der Prozess der Kollektivierung hat zuerst mit freiwilligen Teilnehmern angefangen. Bereits 1926/1927 wurden „Armenkommitees" in Dörfern gegründet. Diese bestanden aus den ärmsten und rückständigsten „Bauern". Mein Vater hat oft gesagt, dass in diesen Kommitee überwiegend die faulsten, nichtsnutzigsten Bauern und Säufer waren. Auf diese Leute setzte die Sowjetführung ihre Hoffnung als Freiwillige für die Gründung der Kolchosen. Diese Leute sind ohne Zögern in die Kolchose eingetreten. Der Kollektivierung half es aber nicht, da der Erfolg ausblieb. Die Bauern der Mittelschicht, geschweige denn die Wohlhabenden haben sich geweigert oder gezögert den Kolchosen beizutreten. Darauf wurden diese Gruppen als „Kulaken" eingestuft, als Klassenfeind proklamiert. Ihnen war der Kampf und die Vernichtung als Klasse angesagt. Letztendlich ist die Kollektivierung nur durch Zwang zustande gekommen und auf diese Weise hat sie auch funktioniert. Die Bauern der sog. „Kulaken"-Klasse wurden rücksichtslos enteignet. Sie traf es besonders hart. Dabei waren sie die tüchtigsten und fleißigsten Bauern. Die Meisten von ihnen wurden samt Familien und ohne Hab und Gut in die Nordregionen des Landes (Petschora, Archangelskgebiet) zwangsumgesiedelt, viele überlebten dies nicht.

Zu den „Kulaken" zählte auch die Familie meines Vaters. Sie hatten das Glück im Dorf bleiben zu können.

Nach der Vollendung der Kollektivierung in den Jahren 1932 und 1933, ist es wieder zu einer furchtbaren Hungersnot gekommen. Betroffen waren vor allem die Wolgagebiete und die Ukraine. Diese neue Tragödie wurde wiederum verursacht durch die Politik der Sowjetmacht. Im Gegensatz zum Hungerleiden von 1922, haben die Sowjets versucht, die Situation mit der Hungersnot von der Weltöffentlichkeit zu verschweigen.

In diesen Jahren waren neue Ideen im Staatsmaßtab - die Fünfjahrespläne - an der Tagesordnung. Jedes von diesen festgelegten fünf Jahren hatte konkrete ehrgeizige Ziele und Namen. Die Erfüllung des Fünfjahreplans der Industrialisierung (1928-1932) verlangte große finanzielle Anstrengungen. Damit wollte man die Entwicklung des Landes voranzutreiben. Eine große Finanzierungsquelle war der Export von Getreide ins Ausland. Auch hier gab es wieder keine Rücksicht auf die Bauern und die Bevölkerung. Kaum zu glauben, aber man musste sein gesamtes erwirtschaftetes Getreide abliefern. Es waren unerfüllbare

Forderungen an die Kolchose zur Getreidelieferungen gestellt, die auch bedingungslos umgesetzt werden mussten. Den Menschen wurde alles abgenommen, was sie erwirtschafteten. Mein Vater erzählte oft, wie die regimetreuen Dorfaktivisten jedes Haus auf verstecktes Getreide durchsuchten. Der Garten wurde mit Spießen durchbohrt, selbst auf dem Kochherd haben sie die Töpfe geöffnet, um sich zu vergewissern, dass nichts versteckt wurde. Einige Leute versuchten auf dieser Weise wenigstens etwas Essbares zu retten, um zu überleben. Nach der Zwangssammlung des Getreides brachte man dieses in die Sammelpunkte in das Rayonzentrum Kutschurgan, wo das Korn durch Misswirtschaft und falsche Lagerung oft verfaulte.

Der Hunger forderte viele Opfer. Menschen starben massenweise. Verhungert war auch der jüngere Bruder meines Vaters Anton sowie sein Vater selbst (mein Opa). Meine Eltern haben immer wieder mit Bestürzung das Bild von vom Hunger angeschwollenen, geschwächten Menschen sowie von einer Typhusepidemie geschildert. Die Schwester meiner Mama, Elisabeth, hat diese schlimme Katastrophe auch nicht überlebt. Jeden Tag läuteten die Glocken an der Kirche – Aufruf zur Begräbnis. Da gingen schon nur die engsten Angehörigen mit, die es überhaupt körperlich schaffen konnten. Wegen der vielen Beerdigungen gab es auch kaum noch Bretter für Särge.

Später wurden für die auf dem Felde Arbeitenden Gemeindeküchen eingerichtet, nicht aber für Kinder, Hausfrauen, und Älteren, die für den Staat nicht produktiv waren. Schließlich wurden auch einfache Suppen in der Schule angeboten. Jede Familie hatte Verhungerte zu beklagen. Es waren hunderte Opfer im Dorf.

In der Ukraine, wo diese Plage besonders schrecklich war, benennt man es heute mit dem Wort „Golodomor", wörtliche Übersetzung: Tötung durch Hunger. Die Regierung der Ukraine bemühte sich seit ihrer Unabhängigkeit, vor allem aber unter dem ehemaligen Präsidenten Wiktor Juschtschenko, um eine internationale Anerkennung des Golodomors als Völkermord an den Ukrainern. Die Ukraine hatte in dieser Zeit ca. 3,5 Mio. Opfer zu beklagen. Die Gesamtopferzahl in der ganzen Sowjetunion schätzte man auf ca. 14,5 Millionen Menschen. Nach der Öffnung vieler Archive in den 1990er Jahren geht man davon aus, dass der Golodomor als eine Verkettung von Folgen äußerst rücksichtsloser und brutaler Politik der Zwangskollektivierung, Herrschaftskonsolidierung und Widerstandsunterdrückung sowie zusätzlich hinzukommender wetterbedingter Ernteausfälle erklärt werden kann.

Dieses Thema wurde vor einigen Jahren ins Europäische Parlament eingebracht. Letztendlich wurde am 23. Oktober 2008 eine Resolution verabschiedet, in der Golodomor als Verbrechen gegen die Menschlichkeit anerkannt wurde.

So haben die 30er Jahre mit einer echten Hungersnot angefangen und der verborgene Hunger hat dann ständig die Kolonisten begleitet. Die Kolchosearbeiter lebten praktisch nur von dem begrenzt erlaubten, eigenen, privaten Stück Land. Es herrschte Mangel an fast allen lebenswichtigen Dingen des täglichen Bedarfs. Unsere Tante Brigitta hatte kaufmännische Begabungen und setzte sie für die Familie ein. Sie hatte enge vertrauliche, geschäftliche Beziehungen zu Juden in Odessa. Im Austausch für die im täglichen Gebrauch notwendigen Konsumwaren hat sie landwirtschaftliche Produkte wie Eier, Butter, Hühner u.a. in die Stadt gebracht. Außerdem hat man im Dorf eine kleine inoffizielle Seifenproduktion betrieben. Dafür hat man Fettreste, Knochen oder wildwachsende Bohnenpflanzen als Rohstoffe verwendet. Das kaustische Soda für die Herstellung hat man von den Juden im Austausch gegen andere Waren erhalten. Wie die Qualität des Produktes war, bleibt für mich ein Geheimnis, aber es hat sich gut verkauft. Seife war damals Mangelware.

Tante Brigitta hat mit Helfern auf dem Odessamarkt (Odessas „Privos") im Schwarzhandel diese Seife verkauft. Ein Mal hat sie die Tante Mathilda und meine Mutter mitgenommen. Für meine Mutter war so eine Tätigkeit am Rande der Illegalität einer Tortur ähnlich. Schnell hat es sich herausgestellt, dass Verkauf nicht ihr Erfolgsgebiet war. Sie wurde von einem Geheimermittler auf dem Markt bezüglich Seifenverkauf angesprochen. Nachdem meine Mutter es sofort bejaht hatte, wurde sie zu Miliz gebracht. Sie hat dabei zwar nichts verraten, aber es gab Ärger und die gesamte Seife war weg.

Tante Briggitta und Mama

Die 30er Jahre waren auch die Zeiten des Machtkampfs und der Stärkung der Position von Stalin. Angst war das wirksamste Mittel das Ziel zu erreichen, man hatte diesbezüglich genügend Erfahrung aus der Revolutionszeit und den 20er Jahren. Es war die Politik der Verschärfung des Drucks auf die Bevölkerung, die Staatsgewalt nahm zu, bis der Terror in den Jahren 1936-1938 seinen Höhepunkt erreicht hatte. Diese Epoche ist Vielen gut bekannt und auch viel beschrieben, z.B. durch Solschenizyn.

Es herrschte allgemeine Angst. Menschen wurden meist ohne jeglichen Grund verhaftet, im Schnellverfahren zu mehrjährigen Strafe oder zum Tode verurteilt. Kein Mensch war sich sicher, ob er nicht der Nächste sein würde. Aus Erzählungen meiner Eltern und anderen Dorfbewohnern von Baden geht hervor, dass fast jede Nacht Menschen abgeholt und ohne Wiederkehr weggebracht wurden. Am nachfolgenden Morgen haben die Menschen erfahren, wer in der Nacht abgeholt, jedoch nicht was ihm vorgeworfen wurde und nicht, wohin sie hingebracht wurden. Hier ist zu betonen, dass es alles unschuldige Menschen waren. Man hat ihnen fast immer antisowjetische Propaganda, Spionage oder Sabotage angehängt.

In diesen Jahren wurden in Baden laut einer Namensliste von Valery Mock, publiziert in englischer Sprache im Internet, 95 Personen abgeholt. Nur wenige Personen kamen zurück, unter ihnen Vaters Bruder Rafael, der Schullehrer war, und der wie durch ein Wunder, sich gegen die Anschuldigungen verteidigen konnte. In der Liste findet man Namen, die mir bereits vorher aus anderen Quellen bekannt waren, z.B. der hingerichtete Kirschner Bonawentura - Ehemann von Tante Barbara, die spätere zweite Frau von meinem Vater. In der

Liste findet man Familiennamen Reinbold, Geilfuß, Axtman und viele andere, mir bekannten Familien.
Die Einwohnerzahl im Dorf Baden lag im Jahr 1926 laut verfügbarer Statistik bei 1.736 Menschen. In den nachfolgenden Jahren waren es bestimmt deutlich weniger Menschen, wenn man die vielen Hungersopfer von 1933 mitberücksichtigt. Wenn man bedenkt, dass in diesen Zeiten die Familien meist kinderreich waren und die Verhafteten fast ausschließlich Männer waren, kann man ausrechnen, wie viele Familien ohne den männlichen Ernährer blieben.

Im Jahr 1938 wurde unser Michael im Alter von 15 Monaten in die Familie meiner Mutter aufgenommen. Sein Familienname war Bartsch. Der Vater von Michael und die Mutter von meiner Mama waren Geschwister. Also war Michael Cousin von meiner Mutter. Die Familie vom Michael, Vater Josef Bartsch, geb. 1891, Mutter, geborene Schell, 1893, mit drei Kindern (Franz, Felix, Maria) wohnten in Dorf Elsass, 12 km von Baden entfernt. Während der Kollektivierung kam es zum Wiederstand der Bauern gegen diese Maßnahme. Dabei kam eine Frau ums Leben. Der Vater vom Michael wurde in diesem Zusammenhang als Teilnehmer der Unruhen mehrmals verhaftet und verhört. Da er zusätzlich zu den „Kulaken" eingestuft war, wurde er in den Norden des Landes ins Gebiet Archangelsk verband. Im Jahr 1934 ist er von dort geflohen und kam in das Heimatdorf Elsass zurück. Als einige

Dorfeinwohner die Rückkehr des Vaters von Michael bemerkt haben, wurde es für ihn gefährlich und die ganze Familie ist weiter nach Kasachstan geflohen. Dort mussten sie mehrmals heimlich von Ort zu Ort ziehen bis sie schließlich nach Georgien kamen. Als Teenager musste der ältere Sohn dort auf einer Teeplantage arbeiten. Der Vater war mittlerweile wieder im Gefängnis. Michael wurde am 29. Dezember 1936 geboren. Kurz danach starb auch noch seine Mutter. Die vier Kinder sind allein geblieben, es ging ihnen sehr schlecht. Als dies in Baden bekannt wurde, fuhren die Tante Brigitta und ein Onkel vom Michael vaterseits nach Georgien und holten Michael und Maria ab. Michael kam dann nach Baden in die Familien meiner Mutter, die Maria – nach Elsass zu ihrem Onkel. Maria wurde nach einem Jahr zurück zu ihren älteren Brüdern nach Georgien gebracht, da war schon ihr Vater endgültig aus dem Gefängnis entlassen worden. Michael blieb aber sein ganzes Leben bei uns, sodass er schließlich mit mir und Rafael wie unser Bruder aufwuchs. Im Gegensatz zu unserer Familie, kamen die Geschwister von Michael und sein Vater Bartsch während des Krieges nicht nach Deutschland sondern in die Arbeitsarmee in Kasachstan. Einer der Brüder, der Felix, hat auf einem Tonband die Geschichte der Familie in diesen Zeiten aufgenommen. In einfachen Wörtern erzählt er über diese schweren Zeiten ihres Lebens und ihrer Existenz oft am Rande der Legalität, in ständiger Not und Angst.

Es ist nicht einfach ihre Geschichte zu reproduzieren. Aber die Realität hat in ihren Archiven noch mehr von solchen verwirrenden Schicksalen zu bieten.

Michael hat sich mit seinen Geschwistern erst nach dem Krieg in den 50er Jahren wieder getroffen. Seinen Familiennamen musste man in Sibirien auf Scherer umändern. Mit diesem Namen dürfte er als „Adoptivsohn" von Tante Brigitta bei uns bleiben. Sonst hätte er in ein Waisenhaus verfrachtet werden müssen.
Michael selbst hat sich in unserer Familie gut gefühlt, er war acht Jahre älter als ich und wurde von mir in meinen Kindesjahren als großes Vorbild und Vaterersatz angesehen. Er und seine Freunde wurden unter den Jugendlichen sehr respektiert. Schon die Erwähnung seines Namens schützte mich gegen unbequeme Begegnungen mit stärkeren Gegnern.
Bereits mit 16 Jahren hat er in einer Werkstatt in Irkutsk angefangen zu arbeiten. Später, schon in Moldawien, ausgelöst durch seine Arbeit in der Weinfabrik, war er eine Zeitlang Alkoholsüchtig und litt infolgedessen an einer Lebererkrankung. Diese Erkrankung verschlimmerte sich in der Zeit nach der Aussiedlung nach Deutschland, trotz Alkoholentzug. Letztendlich war sie Ursache seines Todes im Oktober 2001. Ich habe ihn als Mensch mit vielen positiven Eigenschaften in Erinnerung. Die Kinder von Michael, Anton und Marianne sowie seine Witwe Maria und Enkel Sebastian

und Karina leben heute in einem Ortsteil von Reutlingen. Ab und zu unterhalten wir uns telefonisch. Alle sind mit ihrem Leben sehr zufrieden.

Alle Bartsch mit ihren Nachkommen leben zum heutigen Zeitpunkt auch in Deutschland in der Stadt Reutlingen. Mit Felix, Maria und ihren Ehepartnern haben wir auch sehr herzliche Beziehungen.

Mama hat schon in ihren frühen Jugendjahren von Anfang an auf dem Feld in der Kolchose gearbeitet, so wie auch die meisten Menschen auf dem Land. Mein Vater wurde im Zeitraum von 1936 bis 1938 als Wehrpflichtiger in die sowjetische Armee eingezogen. Erregt hat er uns später immer wieder über die vielen Militärpersonen, sowohl einfache Soldaten, wie auch hochrangige Offiziere, die in seiner Dienstzeit verhaftet wurden, erzählt. Der Stalin-Terror wütete in allen Schichten der Gesellschaft. Glücklicherweise ist er heil von seiner Dienstzeit zurückgekommen, und im Jahr 1940 haben meine Eltern geheiratet. Im Dezember kam mein Bruder Rafael auf die Welt. Nach Mutters Erzählungen ging es ihnen in den ersten Jahren sehr schlecht. Sie lebten im Vaters (mein Großvater) Haus zusammen mit seiner Mutter Regina (meine Großmutter) und seinen vier Schwestern (Maria, Magdalena, Agnes und Lisa). Wegen Platzmangel mussten sie anbauen.

Sein Bruder (mein Onkel) Rafael studierte damals im pädagogischen Institut in Odessa. Danach war er als Lehrer im Dorf tätig. In den nachfolgenden Kriegsjahren hat er als Dolmetscher bei der SD-Truppe (Sicherheitsdienst) gedient und wurde in der russischen Gefangenschaft erschossen. Seine Frau, meine Tante Monika, hat dies später von einem seiner Kameraden erfahren. Die Beiden waren zusammen in der Gefangenschaft. Onkel Rafael hat sich in russischer Sprache über den Umgang mit den Gefangenen beschwert und wurde daraufhin bestraft.

Der Krieg 1941-1945. – Flucht und Vertreibung

Schließlich hat der Wahnsinn des 2ten Weltkrieges begonnen, 1941 auch unter Beteiligung der UdSSR. Die deutschen Dörfer zeichneten sich durch ihre Ordnung und Sauberkeit aus, auch die Häuser waren immer weiß verputzt. Meine Eltern erzählten mir wie die sowjetischen Dorfaktivisten am Anfang des Krieges von Haus zu Haus liefen und die Bewohner aufforderten, die eigenen Häuser zu

Mein Vater mit seinem Kameraden in der sowjetischen Armee

beschmutzen, um den deutschen Piloten die Orientierung zu erschweren.

In den ersten Tagen nach dem deutschen Angriff im Juni 1941 wurden Russlandsdeutsche vereinzelt in die sowjetische Armee einberufen. Ansonsten wurden alle Männer zur Aushebung von Schützengräben eingesetzt. Parallel wurde der Transport von Vieh und landwirtschaftlichen Geräten nach Osten auf die Wege eingeleitet. Danach wurde die Deportation aller Männer im Alter von 16 bis 60 Jahren und schließlich der gesamten noch verbliebenen deutschen Bevölkerung nach Osten angeordnet. Doch wegen des schnellen deutschen Vormarschs gelang dies nur zum Teil.

Mein Vater wurde zusammen mit anderen Männern aus Baden unter Bewachung von zwei russischen Soldaten zu Fuß abkommandiert. Einige deutsche Männer konnten sich schon unterwegs absetzen und fliehen. Letztendlich haben die russischen Bewacher ihre Gewehre weggeworfen und sind vor der anrückenden Wehrmacht abgehauen. Die Deutschen kamen dann in ihr bereits durch die mit der Wehrmacht kollaborierenden Rumänen besetztes Dorf zurück. In diesen ersten Tagen und Monaten des Krieges herrschte Chaos, das nur schlecht vorzustellen ist. Es war lebenswichtig, besonders für die Männer, die richtige Entscheidung zu treffen, der Zufall spielte dabei eine große Rolle. Die Männer, die dem Befehl sowjetischer Dienstvertreter folgten, sind der anrückenden Deutschen Armee entflohen, wurden aber schließlich unter

Stacheldraht in die „Arbeitsarmee (Trudarmee auf Russisch)" der Sowjets gebracht, wo sie unter strenger Bewachung und sehr schlechten Verpflegung Schwerstarbeiten leisten mussten. Es waren Todeslager. Die Sterberate unter den „Trudarmisten" war während des Krieges unvorstellbar hoch. Darunter litten besonders die Wolgadeutschen, die im August 1941in die Regionen der UdSSR nach Norden, Sibirien und Kasachstan zwangsumgesiedelt wurden.

Die Anderen, die sich gegen dem Befehl widersetzten und zurück in ihre heimischen Dörfer wollten, liefen Gefahr, vom russischen Militär erwischt und unweigerlich wegen Befehlsverweigerung erschossen zu werden. Diese Zeit ist ausführlich im Buch von Anton Bosch und Josef Lingorn „Entstehung, Entwicklung und Auflösung der deutschen Kolonien am Schwarzen Meer" beschrieben worden.
Nach der Eroberung von Odessa befanden sich die Kolonisten unter rumänischer bzw. deutscher Besatzung. Die Einzelheiten des Lebens in diesen Zeiten ist kompliziert zu beschreiben und Bedarf einer gesonderten Erzählung. Die neue Macht hat mit der Umerziehung nach der neuen Ideologie in den Schulen und im Alltag begonnen. Man kann sich vorstellen, dass die jüngere Generation der damaligen Zeit in den deutschen Dörfern bereits unter sowjetischer Propaganda erzogen und geprägt wurde. Für Viele war die Integration ins „Reichsleben" und das Vertrauen in die neue Macht nicht automatisch im Einklang.

Einige Zeit nach der Eroberung wurden durch das Spezialkommando der SS die sowjetischen Aktivisten, Kommunisten und Juden abgeholt. Vieles war für unsere Menschen in den Dörfern schlecht zu verstehen. Die Deutschen in den Kolonien lebten immer friedlich mit und unter anderen Nationen. In Baden lebten seit vielen Jahren drei Familien von Juden. Diese sprachen unser Dialektdeutsch und waren gut ins Dorfleben integriert. Die Rassenpolitik der neuen Macht war unseren Menschen fremd.

Während der deutschen Besatzung hat sich die Agrarordnung nicht groß verändert. Die bestehenden Kolchosen wurden in "Landbaugenossenschaften" bzw. "Gemeinde-Wirtschaften" umgewandelt. Hier war der Bürgermeister die leittragende Person im Dorf mit großem Einfluss. Dieser war aber direkt den Vertretern der Besatzungsmächte unterstellt.

In der Kriegszeit wurden die Kirchen sowie die deutschen Schulen wieder geöffnet. Das Land wurde jedoch unter den Bauern nicht so verteilt, wie diese es sich wünschten.

Einige Obstgärten fanden aber Privatbesitzer. Trotz der

**Während der Kriegszeit
links Tante Mathilda,
in der Mitte Mama**

Zwangsabgaben an die Militärbehörde ist in den Kriegsjahren nach der fleißigen Arbeit den Menschen noch genügend geblieben, um in relativen Wohlstand zu leben. In jedem Familienstall waren wieder Kühe, Pferde zu sehen. Meine Eltern hatten über diese Zeiten kein schlechtes Wort von der materiellen Lage geäußert.

Der tobende Krieg war für die Dorfbewohner kaum präsent. Die neue Macht führte intensiv eine Umerziehung nach eigenen Kriterien durch. Einige Männer wurden in die Wehrmacht einbezogen und an die Front geschickt, es war aber keine totale Mobilisierung.

Die Räder des Krieges drehten sich jedoch unweigerlich gegen das Hitlerregime. In der Zeit des Frühlings 1944 bewegte sich die Front Richtung Westen und drohte die deutschen Dörfer zu erreichen. Es folgte von den deutschen Befehlshabern unweigerlich der Befehl, die deutsche Bevölkerung aus den Dörfern nach Westen zu evakuieren. Die Flucht wurde streng organisiert, jedes Dorf hatte einen eigenen Zeitplan. Flüchtlinge aus mehreren Dörfern bildeten sog. Trecks (Fluchtgemeinschaften). Jedem größeren Treck wurde ein SS-Unterführer überstellt. Je nach geographischer Lage der Siedlung hatte man mehr oder weniger Zeit für die Vorbereitung zur Flucht. Die Bewohner einiger Dörfer konnten noch lediglich ihre Habseligkeiten zusammenpacken. Meist blieb nur noch wenig Zeit, um das Vieh zu schlachten, es entsprechend für die Reise als Proviant vorzubereiten und zu packen. Es wurden eilig Flüchtlingstrecks zusammen geführt, Pferde neu beschlagen, Wagen repariert, bedeckt je nach Möglichkeit mit Tüchern und Planen. Die Kinder, Kranken und ältere Menschen wurden auf den Wagen transportiert, alle anderen mussten die Reise zu Fuß antreten.

Am 22. März ging es aus Baden Richtung Westen los. Man hat für immer Haus und Hof, die Heimat verlassen. Es ist überflüssig zu erwähnen, wie viele Tränen da geflossen sind. Viele Flüchtlinge aus anderen Dörfern, die später loszogen, wurden durch die Front überrannt, durch die russischen Truppen eingeholt oder durch Bombardierungen getötet. Den Meisten aber gelang der etwa ein Tausend km andauernde Marsch über Bessarabien, Rumänien bis nach Ungarn, wo sie in Eisenbahnzügen weiter geleitet wurden.

Meine Mama wie auch viele andere Frauen und größere Kinder mussten den Weg zu Fuß gehen. Sie hat ihre Kuh fast den ganzen Weg mit geführt. Früher als die Anderen musste sie morgens aufstehen, um die Kuh weiden zu lassen und mit den Anderen mitzuhalten. Die Hufe der Kuh waren zuletzt so abgenutzt, dass sie geblutet haben. Sie wurden mit Lumpen umgewickelt und es ging weiter. Irgendwo in Rumänien oder in Ungarn hat man die Kuh für ein Laub Brot, ein wenig Gemüse und Milch den Einheimischen abgegeben. Um die Situation besser zu beschreiben, sollte auch erwähnen werden, dass es dieser Zeit, vorher und während des ganzen Weges andauernd geregnet hat. Der unbefestigte Landweg war ganz im Matsch, die Pferde kamen manchmal nicht weiter. Die Front aber kam näher. Unterwegs konnte man verendete Kühe und Pferde sehen. Oft mussten die Leute im Freien übernachten. Die Route wurde oft geändert. Die ausführlichen Berichte der Beteiligten beschreiben dies in grausamen Details.

Eine Episode, die von der Mama erzählt wurde, sollte erwähnt werden. Unterwegs musste man die Karpaten überwinden. Die Pferde konnten kaum den Wagen auf die steilen Berge hochziehen. Da haben alle mitgeholfen. Schlimmer war es beim Herunterfahren. Die Wagen mussten einzeln die steilen Abstiegspassagen überwinden. Bis ein einzelner Wagen nicht ganz unten war, hat der Nächste oben gewartet. Die Wagen waren nicht für die Fahrt durch die Berge konstruiert, sie hatten keine Bremsen, die bei einem solchen Gefälle notwendig sind. Deshalb war es die Aufgabe meiner Mama mit einem hölzernen Stock, in das Rad gesteckt, beim Bremsen mitzuhelfen. Einmal, als der Wagen etwa auf halber Höhe des Gefälles war, brach der Stock und Mama rann mehrere Meter Hals über Kopf dem rasch nach unten rasendem Wagen hinterher. Auf dem Wagen befanden sich mein Vater, meine Großmutter und mein Bruder Rafael. Mein Vater warnte aus vollem Hals den Fahrer des vorherigen Wagens unter ihnen. Die Rettungsversuche meiner Mama, die dabei auch noch ihre Schuhe verlor, waren offensichtlich so witzig, dass ein Mädchen, das dies beobachtet hatte, nicht aufhören konnte vor

Lachen. Meiner Mama war es aber nicht zum Lachen, der Wagen konnte ja umkippen oder kollidieren. Die Begeisterung beim Mädchen hat stark nachgelassen nach dem meine Mutter ihr mit dem aufgehobenen Schuh ein paar Mal den Rücken poliert hatte. Wieder ein Mal war es eine Episode mit glücklichem Ausgang.

In dieser Zeit wurde Mamas Mutter Dorothea wegen ihrer schweren Krebskrankheit in Begleitung von meiner Tante Brigitta und unserem Michael im Voraus im Zug nach Polen gebracht, wo sie kurz danach auch verstarb. In Abwesenheit von ihren Verwandten wurde sie irgendwo dort auch beerdigt.

In Ungarn, in der Stadt Dej, wurden die Flüchtlinge nach und nach in Zügen in das besetzte Polen nach Rawitsch gebracht. Wenige Monate blieben sie hier und arbeiteten in den Landwirtschaften einiger deutschen Landbesitzer.

1944 - Die Eltern mit Michael und Rafael in Polen

In Litzmannstadt (heute Lodz), wurden sie eingebürgert. Die meisten Männer, auch mein Vater, wurden kurz danach in die Wehrmacht einbezogen, im Eilverfahren ausgebildet und an die Front versetzt. Für viele Frauen war es der Abschied von ihren Männern für immer. Zu meiner Mutter war das Schicksal gnädiger. Meine Eltern kamen, jeder nach mehreren langen Jahren mit vielen Strapazen, erst im Jahr 1953 zusammen (acht Jahre nach Kriegsende).

In Litzmannstadt mussten unsere Leute die rassistische Ideologie in der Praxis miterleben. Nicht selten konnte man an den Straßen Schilder wie „Nur für Deutsche" beobachten. In diesem Zusammenhang hat Mama eine Episode mit ihrer Beteiligung erzählt. Einmal stand sie in einer langen Warteschlange beim Einkaufen von Lebensmitteln. Dabei konnte sie beobachten wie gelegentlich einzelne Personen beim Einkauf direkt zum Verkäufer vorgingen, ohne in der Schlange anzustehen. Diese wurden auch ohne Weiteres bedient. Als diese Fälle sich immer wieder wiederholten, hat Mama Ihren Unmut dem Verkäufer gegenüber geäußert. Der reagierte sofort: „Wenn sie Deutsche sind, können Sie ja auch gleich nach vorne kommen." Darauf hat Mama auf Ihre Weise reagiert: „Sind den die Anderen nicht gleichwertige Menschen?" Ihren Prinzipien treu, blieb sie in der Schlange stehen.

Die russischen Truppen kamen immer näher und waren bereits zu dieser Zeit in Polen. Die Göbbels-Propaganda war bemüht, die Erfolge der Russen möglichst zu vertuschen. Strenge

Strafen warteten auf so genannte Panikmacher, die die Lage richtig einschätzten und die Wahrheit sagten. Und so wartete man mit der Evakuierung der Deutschen aus Polen bis es fast zu spät war.

Die Furcht vor den russischen Gräueltaten in den von ihnen besetzten Gebieten ging ihnen voraus. Diese Gerüchte waren nicht unbegründet, entsprachen auch den Fakten.

Also ging es wieder auf die Flucht nach Westen, ins deutsche Sachsen. Aufgenommen wurden meine schwangere Mutter und alle unseren Leute in Bauernhöfen, wo sie auch bis Ende des Krieges gearbeitet haben. Meine Mutter mit Rafael und unseren nächsten Angehörigen (alles nur Frauen und Kinder) lebten im Dorf Wölpern, ca. fünf km von Eilenburg und ca. 25 km von Leipzig entfernt. Hier hat sie mich am 06. März 1945 im Eilenburger Krankenhaus unter sich immer und immer wiederholendem Bombenalarm zur Welt gebracht und am 10. März in der Kirche getauft. Meine Patentante war meine liebe Tante Brigitta.

Am 17. April 1945 standen amerikanischen Truppen vor Eilenburg. Die deutsche Militärführung in der Stadt lehnte eine Kapitulation ab. Daraufhin lag die Stadt drei Tage und drei Nächte unter schwerem Artillerie-Beschuss. Die Folgen waren zweihundert ausgelöschte Menschenleben und die totale Zerstörung des Stadtzentrums. Mitleidende waren auch unsere Leute. Die Amerikaner hatten jedoch kaum Verluste zu beklagen. Welchen Sinn hatte die Stadtverteidigung und letztendlich der ganze Krieg?

Nach dem Ende des Krieges im Mai 1945 blieben die Amerikaner als Okkupationsmacht bis zum 2. Juli 1945. Sie hatten begonnen, Flüchtlingslisten zu erstellen, um „Sowjetische" Bürger zu registrieren. Dadurch handelten sie gemäß dem Vertrag der Konferenz in Jalta von 1944. In der Konferenz von Jalta wurden auch die Besatzungsgrenzen der Siegermächte in Deutschland nach dem Krieg festgelegt. So zogen die Amerikaner am 2. Juli 1945 in die im Vertrag ihnen zugewiesenen Grenzen ab und überließen das Gebiet den Russen. Die Bestürzung der Bevölkerung war groß, niemand wusste etwas über das Ankommen der Russen. Das Schicksal brachte wieder eine böse Überraschung für die Russlanddeutschen.

Die neue Besatzungsmacht war die Sowjetische Armee. Die Sortierungs- / Repressierungsorgane der neuen Macht wie die befürchtete „SMERSCH" hatten aller Hand zu tun. Etwa fünf Mio. russischer Kriegsgefangenen, Ostarbeiter und Flüchtlinge warteten auf ihr weiteres Schicksal. In den geheim gehaltenen Passagen des Vertrages in Jalta haben sich die Siegermächte verpflichtet, alle Staatsangehörigen, unabhängig von dem Willen der Betroffenen, gegeneinander auszutauschen. Die sowjetischen Staatsbürger wurden von den Amerikanern und Engländern ausgewiesen und der sowjetischen Seite übergeben. Einige Russlandsdeutsche, einzelne Personen oder teils auch ganze Familien, konnten die Situation richtig einschätzen und sind nach Westdeutschland geflüchtet oder sogar nach Amerika und Kanada weiter immigriert. Unter den Flüchtlingen waren meines Vaters Onkel Anton Volz und sein Cousin Michael Volz, die nach Baden Württemberg umsiedelten. Sie haben ihre Herkunft die ersten Jahre gegenüber den Behörden geheim gehalten, sonst wären sie den sowjetischen Mächten ausgeliefert worden.

Wohl oder übel wurde die Hauptmasse der Deutschen aus Russland registriert und durch Propaganda und Versprechungen, sie alle in ihre alten Heimatsorte zu bringen, in ein Lager in Halle in eine ehemalige Kaserne untergebracht. Hier wurden sie zunächst gut versorgt und bewacht. Schließlich wurden sie auf Züge verladen in Viehwaggons und ab ging es, jetzt nach Osten Richtung "Heimat". Währenddessen stellte sich heraus, dass das Endziel nicht die alten Gebiete am Schwarzen Meer war, sondern die Weiten des „Russischen" Reiches. Die Verteilung der Familien erfolgte nach dem Zufallsprinzip. Alle Russlandsdeutschen wurden im ganzen sowjetischen Land zerstreut und das in Landgebieten mit den schwersten Lebensbedingungen.

Unsere Fahrt aus Halle nach Irkutsk in Ostsibirien dauerte vom 23. August bis Ende Oktober 1945. In Sibirien herrschte zu dieser Zeit bereits ein strenger Winter. Die meisten Kleinkinder haben den langen Weg nach Sibirien nicht überstanden. So starb der einjährige Adolf, Sohn meiner Tante Maria Geilfuß, wie auch die kleine Maria, die Tochter meines Onkels Josef. Die Verstorbenen wurden auf dem Bannsteig abgelegt oder an der Strecke begraben.

Ich hatte Glück, dass wir Kinder neben der Mama auch noch unsere treuen Tanten Brigitta und Mathilda zur Seite hatten. In den Waggons lagen die Menschen auf den Säcken oder auf den Kleidern, auf dem, was man mitgenommen hat. Licht gab es nicht, es war finster im Wagon. Mit 60-70 Insassen pro Waggon war die Luft entsprechend schlecht. Die jüngeren Leute saßen direkt an der Schiebetür, haben die Tür etwas geöffnet, um was zu sehen. Unsere Mama mit uns Kindern und die Tanten hatten sich im Gegensatz dazu möglichst ins Eck verkrochen. Damit haben sie uns alle vom Durchzug und vor dem kalten Wind von Draußen geschützt.

Unterwegs in Polen wurde unser Wagon durch eine Bande ausgeraubt. Sie holten sich was ihnen gefiel. Die einzige zwei Männer im Wagon – mein Cousin Pius (19 Jahre) und sein Vater Josef (42 Jahre) – waren kein Hindernis bei diesem Vorgehen.

Auf diesem langen Weg hielt der Zug teils tagelang irgendwo auf Bahnhöfen oder im freien Feld. Im Freien hatte man neben dem Waggon Feuer angemacht und etwas gekocht. Das Holz dafür holte man sich im naheliegenden Wald. Auch hier gab es traurige Fälle zu beklagen. Mal fuhr der Zug plötzlich weg und jemand ist zurück geblieben. Oder Einige sind über ein Minenfeld gelaufen. Meine Cousine Julja Adamowitsch erzählte von einem Mann, den sie später in Irkutsk kennen lernte, der nach so einem Fall sein Bein verloren hatte.

Meine Mama erzählte, wie sie mit anderen Frauen auch dem weggefahrenen Zug hinterher laufen musste. Es hat ihnen geglückt, mit dem nachfolgenden Zug die Anderen einzuholen.

Weniger Glück hatte unser Pius (Sohn meines Onkels Josef), der während eines Halts im Freien nach Brennholz im Wald suchte. Als sein Zug weg war, ist er bis an die nächste Station gerannt. An der Station angekommen, musste er bitter enttäuscht zusehen, wie sein Zug vor ihm weiter weggefahren ist. Nur einige Meter fehlten, dann hätte er ihn eingeholt. Anschließend musste er mehrere Miliz- und Wachsoldaten sowie andere

1946 - die Brüder Rafael und Anton

Sicherheitskräfte kennenlernen, die seine Aussage überprüften und entsprechende Maßnahmen umsetzten, sodass er sein Ziel erreichen konnte. Pius kam in Irkutsk erst nach Silvester an, zwei Monate später als seine Verwandten. Sein Zustand: verlaust, verdreckt, ausgemagert, doch er war reicher an Erfahrungen.

Спецпоселение - Sondersiedlung in Sibirien
In Irkutsk angekommen, wurden die Leute nochmal sortiert und diversen Orten bzw. Aufgaben zugewiesen. Mamas beide ledigen Schwestern, Tante Brigitta und Tante Mathilda wollte man in Irkutsk in einer Kantine als Hilfskräfte behalten, ein solcher Ort mit sicherer Verpflegung kann für die damalige Zeit für den Menschen in den schweren Zeiten als Glücksfall angesehen werden. Entgegen ihren Möglichkeiten in der Küche zu arbeiten, haben sie es bevorzugt, mit ihrer Familie, mit uns zu bleiben. Wir wurden irgendwo in einer Siedlung im Wald (in der Taiga) abgesetzt.

Alle wurden unter die Aufsicht eines Kommandanten gestellt, man nannte uns „Спецпереселенец - Spezial-Übersiedler". Die Erwachsenen mussten sich regelmäßig (mindestens ein Mal/Monat) beim Kommandanten persönlich melden und in einer Anwesenheitsliste unterschreiben. Ohne seine Erlaubnis konnte man auch den Ort nicht verlassen, sonst drohten harte Gefängnisstrafen.

Die meisten deutschen Siedler, auch Frauen, mussten Bäume fällen und bearbeiten. Es waren Schwerstarbeiten, an denen Frauen neben Männern ihre Pflichten erfüllten, oft den ganzen Tag bis zu den Knien im Schnee, sodass Einige schwere Erfrierungen der Gliedmaßen erlitten (wie bei meinem Onkel Josef). Zu essen bekamen nur die, die auch arbeiteten. Die Kinder bekamen eine niedrigere Ration, als die Lage im Winter schlecht wurde, dann überhaupt nichts. Wer die Arbeitsnorm nicht erfüllt hatte, der bekam kleinere oder keine Brotrationen.

Wir, die Mama mit uns Kindern und Vaters Schwester waren ins Dorf „Gorjachij Klutsch" („Heiße Quelle") gebracht worden. Die Tanten Brigitta und Mathilde, zusammen mit der Familie von Onkel Josef, kamen in einem anderen, nicht weit entfernten Dorf Poliwanicha unter. Einige Zeit später wurden die Schwestern und meine Mama wieder zusammen geführt.

Die meisten Männer und Frauen waren direkt am Bäume fällen beteiligt. Die Aufgabe meiner Mutter war es eine Schlittenspur (eine Fahrrinne aus Eis in Schneisen verlegt), auf

1947 – Irkutsk, Mama, die Tanten Brigitta und Mathilda, Mischa, Rafael, Anton

denen Pferde die Schneeschlitten, vollgeladen mit Holzstämmen aus dem Wald hinaus gezogen haben, in Bereitschaft zu halten. Eingespannt war immer nur ein Pferd pro Wagen. Auf solchen vereisten Fahrrinnen konnte das Pferd große Mengen an Holz bewegen, das war auch das einzige Fortbewegungsmittel. Diese Schlittenfahrspur musste auf jeder Stelle glatt vereist sein, sonst drohte unterwegs ein Zwangsstopp des Schlittens, nach dem das Pferd den Schlitten nicht mehr alleine in Bewegung bringen konnte. Das Pferd dürfte nicht stehen bleiben, sondern in einer fließenden Bewegung den Transport erledigen.

Nur die Tante Brigitta als Gehbehinderte dürfte zu Hause mit uns Kindern bleiben, alle anderen mussten im Freien arbeiten. Sie hat zwischendurch mit ihrer Nähmaschine Klamotten und Kleider genäht, die sie bei den Einheimischen gegen Kuhmilch und andere Lebensmittel tauschte. Eines Winters ist der Schlitten, auf dem Mama mit mir im Schnee gefahren ist, umgekippt, die Decke, in der ich eingewickelt war, faltete sich auseinander und ich bin in den Schnee gefallen. Danach erkrank ich an einer Lungenentzündung. Ein Arzthelfer, der von irgendwo herbeigebracht wurde, konnte oder wollte nichts tun und überließ mich meinem Schicksal. Es war meine liebe Tante Brigitta, die mich danach gepflegt und aus dieser Lage herausgeholt hatte.

Eine echte Plage bei der Ankunft in Sibirien waren Wanzen und Läuse. Die uns zugeteilten alten hölzernen Häuser waren mit Menschen vollgestopft. Auf engstem Raum mit so vielen Menschen, war es äußerst mühsam dieses Problem im Griff zu bekommen, da sich das Ungeziefer ungestört zwischen den Menschen ausbreiten konnte.

Unbedingt müssen die nachfolgenden Hungersjahre von 1946 bis 1947, die bereits dritte Hungerskatastrophe in Russland innerhalb von 25 Jahren, erwähnt werden.

Diese Zeit kurz nach Ende des Zweiten Weltkrieges war wohl die am meisten verschlossene Episode in der sowjetischen Geschichte. Erst in der letzten Zeit wird offen darüber berichtet. Das Land war durch den Krieg total verarmt und ausgelaugt,

1949 - Mama, Rafael, Anton

alles war für den Krieg umgestellt, es fehlte an einfachsten lebenswichtigen Dingen. Die größte Ursache dieser menschlichen Tragödie war jedoch sicherlich das vorherrschende kommunistische System. Auch in diesen schlechten Jahren hat man Getreide ins Ausland exportiert, um etwa das Militär zu finanzieren. Zusätzlich war in diesen Jahren die Ernte schlecht ausgefallen, was das Problem verschlimmerte. Doch waren immer noch genügend Nahrungsmittel da, um die Menschen nicht verhungern zu lassen. Besonders schlimm war, dass große Mengen an Getreide durch Misswirtschaft und Fehlplanung in Lagern verfault sind. Wie zuvor vor dem Krieg, wurden seitens der Regierung unrealistisch hohe Lieferforderungen an die Landwirtschaft gestellt, die gar nicht erfüllt werden konnten. Die Leute auf dem Lande wurden praktisch sich selbst überlassen, da alle landwirtschaftlichen Erzeugnisse an den Staat gingen.

Die Zahl der Opfer in diesen Jahren wurde nicht genau erfasst, schätzungsweise waren es in der UdSSR ca. 1 - 1,5 Mio. Menschen, die in der nun dritten Hungerplage umgekommen sind.

ca. 1950 - wir drei Jungs

Über diese schlimmen Jahre hatte Mama immer wieder eine Episode erzählt, wie sie vor Erschöpfung und Hunger auf der Straße bei vollem Verstand die Kräfte verloren hatte, plötzlich umfiel und sich nicht mehr bewegen oder aufstehen konnte. Sie wurde daraufhin in die medizinische Stelle der Sowchose gebracht. Die dortige Ärztin – auch eine verbannte Russin– stellte bei ihr keine gesundheitlichen Mängel fest, sie war nur ausgehungert und völlig kraftlos.

Auch diese Jahre hat man irgendwie mit viel Mühe und Not überwunden. So gingen etwa die Leute im Frühling aufs Feld, wo im Vorjahr Kartoffeln gepflanzt waren, und haben übriggebliebene, noch gefrorene Kartoffel gesammelt. Diese wurden in zusammengepresster Form zu „Kiechle" (in etwa wie Pfannkuchen) gebacken. Auch Bärlauch und andere wilde Pflanzen hat man in der Natur gesammelt und gegessen. Mama sagte dazu: „Bärlauch hat unser Leben gerettet". Man hatte Karten für Lebensmittel bekommen, die knapp waren.

Im Jahre 1946 wurden die handwerklichen Kenntnisse meines Onkels Josef in Sachen Holzbearbeitung (er war Tischler und Böttcher) sehr geschätzt. So konnte er als gefragte Arbeitskraft mit seiner Familie in die Sowchose „Dserschinski", welche direkt an der Stadt Irkutsk lag, umziehen. Einige Zeit später ist es ihm gelungen, auch unsere Familie dorthin zu bringen.

Hier wohnten alle in Baracken, manchmal mehrere Familien mit Alten und Kindern in einem Raum. Es waren meistens kinderreiche Familien. Später zogen wir von der ersten Baracke in eine andere um, in eine neuere. Wir, drei erwachsene Frauen mit drei Kindern, wohnten in einen Raum, von schätzungsweise 12 Quadratmeter Fläche. Unter dem Boden war ein kleiner Keller. Im Zimmer befanden sich ein Heiz- und Kochoffen, zwei Betten, ein Tisch und eine Kleidertruhe. In der Nacht legte man zwischen die beiden Betten eine Matratze hin, auf diese Weise hatten alle Schlafplätze. So ging es jahrelang. Ja, sogar ein Wandradio war auch da. Habe ich die Toilette vergessen? Dafür diente in der Nacht ein Eimer, bis zu einem Viertel mit Wasser gefüllt. Die Plumpstoilette selbst befand sich etwa 50 Meter vom Haus entfernt. So lebten damals, denke ich, Millionen von Menschen.

Die Baracken wurden nach einem einfachen System erbaut, nach einer architektonischen Bauweise des „sozialistischen Realismus". Mehrere Einzelzimmer zogen sich an beiden Seiten eines langen Korridors. In jedem Zimmer war jeweils ein einziges Fenster. Der Raum im Korridor war mit Sauerkrautfässern und allen möglichen Sachen vollgestellt. Jede Familie hatte dafür etwas Platz neben der eigenen Zimmertür. Draußen in der Baracke war nur eine einzige Eingangshaustür, nach Eintritt kam man in einen Vorraum.

Links und rechts gab es eine Reihe von kleinen Vorratskammern für jede Familie des Hauses. Gegenüber der Eingangstür war die Tür zum langen Korridor, der Zugang zu den sieben oder acht Räumen an jeder Seite bot.
„Brandschutz" war ein Fremdwort. Wenn es im Eingang gebrannt hätte, so konnten sich die Menschen in den hinteren Räumen gegen Feuer und Rauch kaum retten, denn es gab nur einen Zugang zu den Wohnräumen. Es gab keinen anderen Fluchtweg, denn jede Familie hat im Herbst das Doppelfenster im Zimmer festgeriegelt, mit Papier und Kleister zugeklebt und mit Watte abgedeckt, um möglichst wenig Wärme aus dem Zimmer in den Kältemonaten nach draußen zu verlieren. Das war eine wichtige Wärmedämmung der Wohnung, die kaum in der Not geöffnet werden konnte.
Am Eingang des langen Flurbereichs in der Baracke, oben an der Wand, gab es einen für alle frei zugänglichen Sicherungskasten für die elektrischen Leitungen. Ich erinnere mich, einmal gab es kein Licht. Da habe ich mit meinem Freund den Sicherungskasten aufgedeckt und nahm die Sicherung heraus. Ob die Sicherung abgebrannt war? Gesehen haben wir es an der Sicherung nicht. Mutig haben wir versucht es zu reparieren – wir haben einen ziemlich dicken Kupferdraht zwischen den beiden Polen der Sicherung herein gedrückt und die Sicherung wieder auf den Platz hinein gedreht. Hurra! Licht war da! Wie stolz ich damals über meine Tat war (ich war damals etwa zehn Jahre). Nur, dass diese

Reparatur-Methode zu einem Brand hätte führen können, das war mir damals natürlich nicht bewusst.

Die Überlegung zu dem Brandschutz kam mir in den Kopf im Zusammenhang mit einem Zwischenfall, passiert in unserer Wohnung. Es war zwischen Weihnachten und Silvester. Im Zimmer vor dem Fenster hatten wir einen Tannenbaum aufgestellt, geschmückt mit viel Baumwollwatte, sowohl unten als auch auf das Ästen – Schneeimitat.

Ich als Kind (8-9 Jahre) hatte zu Weihnachten einen Revolver mit Platzpatronen als Geschenk bekommen. Beim Schießen kamen neben dem lauten Knall richtige Feuerfunken aus der Pistole. Ich erinnere mich genau, wir hatten jemanden zu Besuch, mein Vater saß mit dem Gast am Tisch mit dem Rücken zum Tannenbaum, Mama - seitlich.

Mich quälte die Frage, ob sich die Watte auf dem Christbaum vom den kleinen Funken meines Revolvers entzünden könnte. Ohne lang zu überlegen gab ich einen Schuss direkt mit der Spielzeugpistole an der Watte am Tannenbau ab. Das Ergebnis war in Bruchteil von Sekunden zu sehen, der gesamte Baum stand sofort in Flammen. Instinktiv schleuderte ich den Revolver weg, schnappte einen Besen und versuchte beim Löschen mein Bestes. In dem Moment sah Mutter das brennende Bäumchen. „Ja Michel!" schrie sie auf. Das Verhalten meines Vaters war vorbildlich – er stand schnell auf, nahm den Baum an der Spitze und trug ihn schnell raus in den

Schnee. Ich habe dahinter die abfallenden, brennenden Teile mit dem Besen gelöscht.

Bedenkt man, dass unser Zimmer das erste am Hauseingang war und dass das Haus aus trockenem Holz gebaut war, hätte dies zu einem verheerendem Unglück führen können. In den ganzen Jahren habe ich in den Baracken keinen weiteren Brandfall erlebt. Ein Glück für alle.

In der Sowchose waren die Lebensbedingungen etwas leichter als im ersten Dorf, in dem wir angekommen waren. Mutter und Tante Mathilde arbeiteten auf dem Feld. Auch hier, bei der Schwerstarbeit, hatten sie gute Leistungen erbracht, was sich teils ausgezahlt hatte und zwar auf folgende Weise. Tante Brigitta hatte als Nachtwächterin in der LKW-Spedition gearbeitet. Auf dem Gelände befand sich eine Tischlerei, aus der sie einmal in einem Sack Holzspäne und kleine Holzabfälle zum Heizen mit nach Hause gebracht hatte (jeder musste sich sein Brennholz selbst suchen). Diesen Vorgang hat jemand beobachtet und dem Kommandanten gemeldet. Daraufhin hat dieser als Strafe angeordnet, dass die Tante Brigitta ins weit entfernte Gebiet Bodaibo am Fluss Lena umsiedeln musste. Diese Region, in der Gold gefördert wurde, konnte man nur im Sommer auf dem Flusswege erreichen.

Also beschlossen die erwachsenen Familienmitglieder gemeinsam mit Tante Brigitta dorthin zu fahren. Ich kann mich noch gut an die mehreren Säcke mit Kartoffeln erinnern (ich war 5-6 Jahre alt), die wir als Verpflegung mitnehmen wollten. Wir waren kurz davor aufzubrechen, alles war vorbereitet für den Transport. Rettung kam unerwartet und sprichwörtlich in letzter Sekunde.

Meine Mutter erzählte, wie sie auf der Straße zufällig den Hauptagronomen in der Sowchose, Tolstoi hieß er, angetroffen hatte. Er leitete alle Feldarbeiten im Dorf. Dieser fragte, warum sie weinte. Als sie ihm die Geschichte von meiner Tante und der Umsiedlung erzählt hatte, äußerte er sich spontan: „ Sie nehmen mir die besten Leute weg, das werde ich nicht zulassen!" Irgendwie konnte er den Befehl des Kommandanten rückwirkend machen und wir dürften bleiben. Übrigens, der Agronom war ein Russe, der ebenfalls nach Sibirien verbannt wurde. Er hat die deutschen Arbeiter nie benachteiligt. Man muss auch hinzufügen, dass im Dorf fast ausschließlich ausgesiedelte Menschen lebten. Nicht umsonst hieß die Sowchose „Dscherschinski", nach dem gleichen Namen des ersten Chefs der gefürchteten Geheimpolizei nach der Revolution, die „TschK", welche Menschen willkürlich verurteilten. Es waren verbannte Familien und Einzelpersonen verschiedenster Nationalitäten: Ukrainer, Deutsche, Russen, Litauer, Letten, Esten, Krimtataren u.a. Die meisten sind einfachen Arbeiten nachgegangen. Keine Nation hat etwas gegen die anderen gehabt, alle haben friedlich nebeneinander ohne Schwierigkeiten gelebt. Anders wiederum haben sich die verantwortlichen Kommandanten und Machtausübenden verhalten.

Hier lebten auch viele japanische Kriegsgefangene. Sie arbeiteten zusammen mit unseren Verwandten auf dem Feld. Mama erzählte von einem Gespräch mit einem Japaner (beide konnten ja „gut" Russisch). Wörtlich: „Madam, skiljko mariki? (wie viele Kinder)" fragte der Japaner. „Tfa (zwei)" antwortete die Mama. „Oh, blokho, blokho" weiter der Japaner. Er hat die deutschen Frauen mit Kindern bedauert und meinte mit seiner Frage, dass es für sie sehr schwer war ohne Mann in der Familie. Er versprach ihr sogar, ein wenig Brot zu bringen. Aber die hatten ja selbst auch nichts gehabt.

Der Japaner unterhielt sich mit meiner Mama in einem furchtbaren aber witzigen Russisch, mit einem japanischen Akzent. Eigentlich klang das Russisch bei ihr auch nicht viel besser.

Einmal beklagte sich der Japaner über die russischen Offiziere vom Wachbataillon. „Russki natschaljnik ni khoroso´n daiju. Goworilj – japanser kartoschka saschai, saschai - Japanser domoi. Japanser kartoschka saschai – Japanser net domoi. Russkij natschaljnik goworil – Japanser kartoschka kopai, kopai, Japanser domoi. Japanser kartoschka kopai – Japanser net domoi. Russkij natschalnik ne khoroson´daiju!"

Das alles bedeutete Folgendes: „Der russische Befehlsgeber ist nicht gut. Er versprach, die Japaner nach Hause zu schicken, nachdem sie Kartoffeln gepflanzt hätten. Die Japaner haben

gepflanzt, wurden aber doch nicht entlassen. Dann versprach der russische Chef ein weiteres Mal, dass die Japaner Heim geschickt werden, nach dem sie Kartoffel geerntet hätten. Aber auch danach blieb es weiter wie zuvor. Sein Fazit zum Schluss war: „Der russische Chef meint es nicht ehrlich mit uns".
Das Leben in Sibirien lief für unsere erwachsenen Verwandten unter fremden und ungewöhnlichen Bedingungen ab. Lange und kalte Winter, regelmäßige Kontrollen beim Kommandanten, die meisten Familien waren ohne Familienväter und auseinandergerissen von ihren Nächsten. Man hatte aber einen regelmäßigen Briefwechsel mit anderen Familienmitgliedern, die wo anders waren, gepflegt. Woher die Anschriften von den Adressaten in Erfahrung gebracht werden konnten, weiß ich nicht. Irgendwie hatte meine Mutter von meiner Tante Monika (Schwägerin meines Vaters) durch Briefwechsel die Adresse von unserem Vater erfahren. Er büßte zu der Zeit nach seiner Kriegsgefangenschaft seine Strafe im Straflager in den Goldgruben der gefürchteten Region „Kalima" im nördlichen Teil des Fernen Ostens des Landes. So haben wir nach mehreren Jahren, ohne zu wissen wo er war, Kontakt mit ihm aufgenommen. Vor seiner Entlassung, als er Geld verdienen und behalten durfte, hat er uns regelmäßig finanzielle Unterstützung zugeschickt.

Die deutschen Frauen hielten immer zusammen. Bei der Arbeit hatten sie stets versucht, sich abzulenken und gute Laune zu haben. Sie waren jung und das Leben haben sie versucht zu genießen, auch wenn die Umstände sehr schwierig waren. In den ersten, gefährlichen Jahren, in denen man für jede Kleinigkeit, die man mitgehen lassen hat, streng bestraft wurde, hat man trotzdem versucht irgendwie etwas Essbares nach Hause zu schaffen. Wenn etwa die Frauen bei der Sortierung von Saatweizen beschäftigt waren, hat zum Beispiel Mama ihren Filzstiefel mit Korn gefüllt und Zuhause ausgeschüttet. Die schwierigen Umstände forderten es, man war ja dazu gezwungen.

Einmal wurden die Spitzfindigkeit und der Scharfsinn meiner Mutter auf die Probe gestellt. Unser Michael hat beim Spielen im Dorf unter einer kleinen Brücke vor dem Pferdestall einen kleinen Sack mit Weizen entdeckt und mit nach Hause gebracht. Einen Anteil davon konnte man noch kochen. Kurz darauf kamen die Ordnungshüter, von jemand alarmiert und wollten wissen, woher dieser Weizen her war. Man brachte Mama in die Stadt und hat sie vernommen. „Wo hast Du das her?" – „Auf dem Markt gekauft". - „Wie hast Du es gekauft, kiloweise oder in Gläsern?" – „In Gläsern".- „Wie viele Gläser waren es?" Die Antwort war: „Ich habe so und so viele Gläser gekauft, aber wir haben ja ein Teil davon bereits verkocht". Die Ermittler haben alles überprüft, waren jedoch noch nicht ganz überzeugt von der Unschuld meiner Mama. „Gut. Und was hast Du pro Glas bezahlt?" Die Antwort meiner

Mutter war spontan und selbstbewusst, denn sie kannte ungefähr die Preise. Nur bei der Anzahl der Gläser, in denen der Weizen gefüllt war, musste sie improvisieren. Auch dies stimmte glücklicherweise auch. Ich weiß nicht, was passiert wäre, hätten ihre Aussagen nicht gestimmt. Auch hier hatten wir Glück gehabt.

Mama hat mir immer gerne erzählt, wie alle bei der Arbeit auf dem Feld oder im Lager gesungen, Witze, Geschichten erzählt und auch viel gelacht haben. Die russische Sprache hat man auch langsam besser beherrscht, nur halt mit einem schrecklichen Akzent. Darüber gibt es unter unseren Russlanddeutschen mehrere Witze. Als bekanntes Beispiel für das Erlernen der russischen Sprache in den Anfangsjahren in Sibirien gilt folgender Spruch:
„*Dem Fetr Wilhelm sein Kaselja les uf mei Toch. Ja skasal: „Keh runa", a on stoit i locht. Ja emu Stehselja dal - on na Krautstendl upal*". Das ist ein 50:50 Dialektdeutsch-Russisch-Gemisch (Russische Wörter sind unterstrichen), der auf Hochdeutsch Folgendes bedeutete. „Dem Onkel Wilhelm seine Ziege kletterte auf mein Dach. Ich sagte ihm (gemeint ist der Onkel Wilhelm): „Gehe herunter", aber er steht und lacht. Darauf hatte ich ihm einen Stoß verpasst und er flog auf das Sauerkrautfaß".

Nach vielen Jahren in Russland haben sich zwangsweise russische Wörter in unseren deutschen Dialekt eingeschleust, und oft bemerkte man das beim Gespräch schon gar nicht. So z.B. das oft benutzte Maß „Wetro" war nichts anderes als das russische Wort für „Eimer". So hatten wir etwa 20 „Wetro" Wein gehabt. Die Wörter wie „Tschemodan" (Koffer), „Kastrol" (Topf), „Blintschiki" (Pfandkuchen) waren in der Nachkriegszeit in dem Dialekt integriert.

Unsere Tante Mathilda hatte eine kurze Zeit bei einer russischen intellektuellen Familie auf das kleine Kind aufgepasst. Danach hatte sie uns erzählt, wie die Familie morgens „Scheiß s Molokom" getrunken hat. Sie wollte die Wörter in Klammern in Russisch aussprechen (чай с молоком), was „Tee mit Milch" bedeutete. Heraus gekommen war aber „Scheiß mit Milch".

Meine ältere Cousine Julia erzählte mir davon, wie sie mit der Mama bei der Arbeit auf dem Feld war. Daneben verlief der Weg von der Stadt in Richtung des Dorfes Gorjachij Klutsch, in dem die drei Schwestern meines Vaters mit meiner Großmutter Regina zu der Zeit noch lebten. Mama hatte etwas für meine Großmutter mit sich. Der Postbote fuhr immer in dieser Zeit aus der Stadt in Richtung des Dorfes. Als der Postmann näher kam, hat Mama die Julia gebeten mit ihr zum Postboten mitzukommen, da Julia wesentlich besser Russisch konnte. Julia hat den Postmann höflich um die Übergabe des kleinen Päckchens an die alte Frau Reinbold gebeten: „Будьте добры, передайте бабушке Рейнбольд" (seien Sie bitte so lieb und übergeben es der Oma Reinbold). Darauf die Mama (sie wollte ja nicht unbeteiligt und unhöflich sein) immer wieder von sich gab: „Budre dobre, dudre bodre" – ein völliger Quatsch. Die Beiden konnten sich danach vor Lachen nicht beruhigen. Mit Humor haben sich die Leute in diesen trüben Zeiten einander moralischen Auftrieb gegeben.

In der Sowchose, als wir Kinder in der Familie größer wurden, pflegten wir sehr enge Beziehungen mit unseren Cousins und Cousinen (den Kindern meines Onkels Josef) Wendelin, Eugenia und Lisa, die mittlerweile in Irkutsk lebten. Unsere Begegnungen waren immer riesige Freuden für alle. Was hat man dabei geschwätzt, Geschichten erzählt, die Zeit flog an uns unbemerkt vorbei. Die älteren Geschwister Pius und Julia waren zu der Zeit schon erwachsen und hatten andere Interessen.

In den ersten Jahren in Sibirien hat meine Mutter lange Zeit an einer Hautentzündung am Unterschenkel und Fuß gelitten. Im Nachhinein wusste man, dass es Windrose war, auch bekannt als Rotlauf. Die Symptome: stark schmerzende, flammenartige und großflächige Hautrötung. Sie wurde sogar einmal ins Krankenhaus in der Stadt überwiesen. Russisch konnte sie damals kaum, sie wusste auch nicht, in welche Abteilung und mit welcher Diagnose sie angeliefert wurde. Bis sich eine ältere Frau an die Mutter wendete und fragte, wieso sie dort wäre und daraufhin ihr erklärte, dass sie derzeit in der Station für Geschlechtskranke war (die Ärzte haben sich wenig Mühe gemacht mit der richtigen Diagnose). Darauf geriet Mama in Panik, hat sich auf ihre, für die Russen wenig verständlichen Art und Weise, lauthals beschwert und wurde aus dem Krankenhaus entlassen. Diese Entzündung hat sie lange Zeit mit sich getragen. Heute wird diese Hautentzündung gut mit Antibiotika behandelt. Obwohl die Krankheit letztendlich richtig diagnostiziert wurde, haben die damaligen medizinischen Salben wie auch die üblichen Volksmittel wenig geholfen.

Zuhause in der Familie war es bei uns streng, jeder, von Groß bis Klein musste seinen Beitrag bei der Arbeit und im Haushalt leisten, jeder kannte seine Aufgaben. Alles, Gutes wie Schlechtes, wurde gerecht geteilt. Die Kinder wurden aber trotzdem immer geschont und bevorzugt. Dabei wurde unser Michael, als Weisekind, hatte er ja seine Eltern verloren, oft privilegierter behandelt als ich und Rafael. Das war auch richtig so und dafür hatte und habe ich volles Verständnis.

Auch muss ich über die sowjetischen Staatsanleihen erzählen (государственные обязательные займы). Es waren Anleihen, welche die Sowjetregierung der eigenen Bevölkerung in ihrer ganzen Historie aufgezwungen hatte. Der Staat brauchte immer dringend und immer mehr Geld, sei es für den Aufbau nach dem Bürgerkrieg, für die Industrialisierung, für die Misswirtschaft, für den Krieg, für den Nachkriegsaufbau. Anleihen und Investitionen aus dem Ausland konnte man nicht erwarten, da dort das totale Expropriieren (Verstaatlichen) der, sowohl russischen als auch ausländischen Banken und Fabriken durch die Bolschewiken nach der Revolution noch nicht vergessen wurde. Der neue Staat annullierte kurzerhand alle finanziellen Verpflichtungen des zaristischen Regimes dem Ausland gegenüber.

In der Geschichte der sowjetischen Regierung gab es mehrere Ausgaben dieser Anleihen, die meisten in der Dauer von 20 Jahren. Es waren praktisch alles kollektive Zwangsanleihen, quasi eine zusätzliche Steuer an der Bevölkerung. Wie vieles Andere, wurde von der Lügenpropaganda der UdSSR immer wieder betont, dass es seitens der Bevölkerung freiwillige Zeichnungen waren. In der Realität hatte jedoch natürlich kaum jemand Interesse, dem Staat vom dem Geld, welches man selbst dringend für sich und die Familie brauchte, noch zusätzlich abzugeben. Man hat ja praktisch immer in Not gelebt.

Wie wurde die sogenannte Freiwilligkeit auf sowjetische Art und Weise durchgesetzt? Der Vorgang spielte sich, als Beispiel, folgend ab. Nach einem Vorschlag des Parteikomitees wurde in einem Betrieb eine Betriebsversammlung zu diesem Zweck einberufen. Dort wurde eine „freiwillige" Anleihe, für jeden

Arbeiter zu investieren, zum Beispiel in Höhe eines Monatslohnes, zur Abstimmung vorgeschlagen. Dann wurde „demokratisch" abgestimmt. Abgestimmt wurde natürlich in einem offenen Verfahren, denn Niemand hatte in einem solchen „ehrlichen" System etwas zu verbergen. Einstimmig haben alle mit „Ja" zugestimmt (wie auch anders?). Selbstverständlich gab es keine „nein"-Stimmen, die Angst vor Strafen durch Abweichen war groß. So wurde die Sache auch beschlossen. Das Geld wurde oft ganz direkt von den Arbeitenden einbehalten, oder es stand während der Lohnauszahlung eine Person da und forderte den Tribut von jedem Arbeiter. Das Schlimme war, dass nach Ablauf der 20jährigen Frist die Auszahlung wieder für zehn Jahre verschoben wurde. Entsprechend glaubte keiner mehr dem Staat, und so wurden die Scheine ins Feuer geschmissen, weggeworfen oder durch einige Einfallsreiche damit sogar die Wände tapeziert.

Langsam wurde die materielle

1955 - unser Vater wieder bei uns

Gesamtsituation besser, im Dezember 1947 wurden die Lebensmittekarten abgeschafft, Geld wurde verdient. Wir Kinder wurden reifer, gingen in den Kindergarten, in die Schule, konnten nun auch mehr in der Familie im Haushalt helfen. Von der Sowchose haben wir etwas Land zum Pflanzen von Kartoffeln bekommen. Das forderte von uns allen viel Arbeit zusätzlich, jedoch hatten wir auch etwas davon. Manchmal war der ganze Keller voll mit Kartoffeln. Die Ernte war gut. Einen Anteil hatten wir sogar in der Stadt auf dem Markt verkaufen können.

Und dann kam der 5. März 1953, ein Tag vor meinem Geburtstag. Dieser Tag und die Ereignisse danach haben sich bei mir gut ins Gedächtnis eingeprägt. Denn an dem Tag starb der großer „Lehrer und Führer aller Arbeiter" und einer der größten Verbrecher aller Zeiten, Iosif Wissarionowitsch Stalin. Trauer im ganzen Land, wie sollte es ohne ihn weiter gehen? Viele haben vor Trauer um ihn wirklich geweint, jedoch keiner aus unserer Familie. Und wir Kinder haben uns über einen freien Tag in der Schule aufgrund der Staatstrauer gefreut.

Gleich danach kamen politischen Turbulenzen, neue Landesführer stiegen empor, einige andere bekannte Parteiführer standen plötzlich da als Feinde des Volkes, wurden aus den Schulbüchern und aus der Historie restlos gestrichen und vernichtet. Es hatte sich aber auch Vieles zum

Guten verändert. Und - siehe da - im August des gleichen Jahres kam, plötzlich als wäre er wie ein Blitz eingeschlagen, unerwartet unser Vater aus der weit entfernter Verbannung zu uns zurück. Wie wir alle in einem Zimmer zurechtkamen – keine Ahnung.

Vater war sehr ausgemagert, hatte ein Magengeschwür zu beklagen. Mama hat ihm mit Hilfe eines Hausmittels, einem Gemisch aus Honig, Eiern und Aloe Vera, zur völligen Ausheilung verholfen.

Meine Eltern haben bald nach Ankunft meines Vaters mit mir und Rafael ein freigewordenes Zimmer in der Baracke bekommen, das hat sich angefühlt als wären wie plötzlich in einem Palast. Langsam wurde die Last der Kommandantur lockerer.
Für uns Kinder war Sibirien das einzig bekannte Land und alles schien gut zu sein. Wir hatten im Stall Hühner, eine Kuh, ein Schwein und Kaninchen gehabt aber auch riesige Ratten. Auch haben

Anton, Rafael und die Eltern, 1957

wir die Möglichkeit gehabt einige Hundert Quadratmeter Land umzugraben und Kartoffeln oder Anderes anpflanzen. Für uns war dies ein gewisser Wohlstand, der jedoch von Allen größte Anstrengungen erforderte.

Doch war Sibirien für die Eltern immer noch nicht die Heimat, obwohl sie sich nun langsam eingelebt hatten. Immer wieder wurden Gespräche über „Ta Haam" (daheim) geführt. Man pflegte immer die Erinnerungen an die deutschen Heimatsdörfer bei Odessa.

Wir Jungen lebten zwischen zwei ganz verschiedenen Welten – in der Schule, im Kino, im Radio die intensive, sowjetische Lobpropaganda und zu Hause eine ernüchternde und niederschmetternde aufklärende Kritik dessen, was in der Schule und Öffentlichkeit gepredigt wurde. Natürlich hat keiner von uns auch nur ein Wort darüber in der Schule verloren. In diesen Jahren glaubten wir Jungen überwiegend der propagierenden, sozialistischen Lehre in der Schule. Das war für die Eltern bitter zu begreifen. Nur die vergangene Zeit stellte alles auf die Plätze. Die Realität hat uns von den vielen aufgezwungenen sowjetischen „Träumereien" befreit.

Zu Hause wurde nur Deutsch gesprochen. Es wurde mit uns Jungen immer geschimpft, wenn wir unter uns Russisch gesprochen hatten. Mutter versuchte uns außerdem mit aller Seele die Religion näher zu bringen. Jeden Sonntagmorgen mussten wir mit Rafael etwa eine Stunde mit den Eltern unter der Führung unserer Mutter beten. In den späteren Jahren ging es ohne Rafael, bis zuletzt auch ich fern blieb. Katholische Kirchen gab es in der Stadt keine.

Eingeschränkte Freiheit, Sibirien ade!

Dann kamen die Offenbarungsjahre vom Chruschtschow. Adenauer besuchte Moskau. Kurze Zeit später, plötzlich hat sich für die „Spezialübersiedler", wie wir genannt wurden, einiges verändert. Man bekam mehr Freiheiten und Möglichkeiten, so wurden wir offiziell im Dezember 1955 aus der Kommandantur entlassen. Danach bekamen die Erwachsenen eigene Personalausweise. Alle dürften hinziehen wohin sie wollten, außer und nun kommt's, nicht in die alten deutschen Heimatsdörfer. Alle Deutschen mussten eine Erklärung unterschreiben, die ihnen verbot, in ihre Heimatorte zurückzukehren und jeglichen Anspruch an Entschädigungen untersagte.

Am 29. August 1964 wurde ein Erlass des Präsidiums des Obersten Sowjets der UdSSR verabschiedet, in dem die pauschale Anschuldigung der Kollaboration der Russlanddeutschen mit dem faschistischen Deutschland zurückgenommen wurde. Dieser Vorwurf wurde als unbegründet und als ein Ausdruck der Willkür unter den Bedingungen des Personenkults um Stalin gewertet.

Erst 1972 wurde weiterhin ein Erlass des Obersten Sowjets über freie Wohnungswahl geändert, auch für Deutsche, dieser wurde allerdings nicht veröffentlicht.

Das Wandervolk, „Volk auf dem Weg", wie wir uns selbst mittlerweile bezeichneten, begann sich, weg aus dem Verbannungsort, näher zu den alten Heimatdörfern zu bewegen. Viele Tataren, Ukrainer, Litauer u.a. machten sich auf den Weg Richtung Heimat. Viele von unseren Deutschen gingen Richtung Südkasachstan, wir nach Moldawien, dass in der Nähe von Odessa und den alten Dörfern liegt. In alle Richtungen trieb es die Leute. Wieder rissen die in schwierigen Jahren der Verbannung gebildeten Freundschaftsbände und - Kontakte, auch Verwandte trieb es auseinander. Doch nun war es anders, diesmal ging man freiwillig, und man konnte weiterhin Kontakt aufrechterhalten.

Im Jahr 1958 fuhren Michael, zusammen mit Tante Brigitta und Tante Mathilde als Kundschafter für etwa ein Jahr nach Moldawien in die Sowchose Gratieschti (dieses Wort musste zuerst ein Mal ausgesprochen werden). Das Dorf befindet sich ca. 8 km von der Hauptstadt Moldawiens Kischinev, heute Chisinau. Mit Spannung erwarteten wir Nachrichten aus dem weiten Moldawien. Im Winter 1959 besuchte uns Michael und erzählte viel Positives über das Leben in Bessarabien, wie es einmal hieß. Mich persönlich beeindruckten die Leckerbissen, die er mitgebracht hatte, wie etwa leckere Marmelade, Bonbons, jedoch weniger - der Wein. Besonders auch die Vorstellung, exotisches Obst wachsen zu sehen und auch davon zu essen, faszinierte mich. Viele übliche Obstarten hatte man in Sibirien damals nicht einmal gesehen. Sibirische „Äpfel" und „Birnen" waren von der Größe etwa einer Kirsche. Jetzt wachsen auch in Sibirien Äpfel „normaler" Größe, wenn es sich um frostresistente Obstarten handelt. Gut gedeihen konnten dort damals Kartoffeln (Hauptnahrungsmittel), Karotten, Weißkohl, Futterrübe, Johannes- und Stachelbeeren und ähnliches. Es gab viele Pilze, im Moorland haben wir Blaubeeren und andere wildwachsende Früchte gesammelt.

Also, die Richtung war klar, nach Moldawien! Es begann die intensive Umzugsvorbereitung. Unsere Kuh musste verkauft werden. Sie hieß „Красуля", was auf Russisch „Schönheit" bedeutete. Sie ist zu unserem Lieblings-Familienmitglied geworden, spendete sie uns doch (auch zum Verkauf) jahrelang frische Milch. Viel mehr gab es nicht zu verkaufen. Für die Eltern gab es eine Menge zu tun. Auf Empfehlung von Michael ließ sich Vater vom Geld aus dem Kuhverkauf kostengünstig wertvolles Bauholz, bestehend aus starken Brettern, in dem Sägewerk in der Sowchose sägen lassen. Diese, zusammen mit unseren Habseligkeiten haben wir in zwei große Eisenbahncontainer gefüllt und nach Moldawien verschickt.

Aus dem Verkauf dieses Holzes konnten wir später den Kauf und Bau des Hauses in Moldawien finanzieren. Holz war in Moldawien im Vergleich zu dem in Sibirien sehr teuer.

Am März 1959 ging es mit dem Zug los. Rafael konnte zu dieser Zeit nicht mit uns kommen. Der Weg war lang, bis Moskau waren es fünf Tage und nochmal 24 Stunden bis nach Kischinev. Die Fahrt ist bei mir immer noch tief eingeprägt als eine wunderbare und aufregende Fahrt in die Zukunft. Uns beeindruckte Moskau mit prächtigen U-Bahnen und Bahnhöfen. Für die Eltern war es eine Fahrt ins Ungewisse.

In Moskau wurden wir am Bahnhof von einem Helfer, der sich bei der Überfahrt von einem Bahnhof zum anderen freiwillig anbot, übers Ohr gehauen. Alles war für uns fremd und wir in dem neuen Umfeld der Großstadt ganz unerfahren. Wir hätten auch ein Taxi nehmen können. Doch der tüchtige Mann nahm uns einfach mit sich, wir - wie eine kleine Schafherde hinterher (es gab auch keine Zeit zum Nachdenken). Und es war der billigere Weg mit der U-Bahn. Wer in Moskau einmal gewesen ist und mit Metro fuhr, weiß, welch lange Strecken man da unten in den Übergängen laufen muss. Doch Vater ließ sich überreden. Mutter jedoch hat dem guten Mann nicht getraut. Bei der Überfahrt hat sie uns immer wieder gewarnt: „Die Koffer nicht aus den Augen lassen und gar nicht „Dem" überlassen".

Die Koffer waren schwer. So habe ich die ganze Fahrt, vor allem bei den langen Wegen in den Metrostationen, wo man in Übergängen die Gleiße wechseln musste, ordentlich schwitzen müssen. Wir sind heil am anderen Bahnhof angekommen. Nur über die Höhe der Kosten für die gebrachte Leistung des Helfers hat Vater nicht gerne gesprochen.

In einigen Sätzen muss ich meine Gefühle während des Moldawienumzugs beschreiben. In Sibirien war im März noch harter Winter. Mit Blick aus dem Fenster im Zug konnte ich die Verwandlung der Landschaften und Siedlungen während der Fahrt genießen:

Am Anfang waren es noch schwarzgraue Häuser, bedeckt mit Schnee, kurze Zeit später sah man den Schnee nicht mehr, die Siedlungen wurden heller, dann in der Ukraine drang schon das Grüne aus dem Boden hervor und die herrlichen Dörfer mit geweißten Häusern rauschten an uns vorbei. Angekommen sind wir in Moldawien bei Frühling und zur vollen Blütezeit.

1959 - Rohbau, links Michael mit Frau Maria, rechts Tante Brigitta und Tante Mathilda, vorne Onkel Josef mit seiner Frau, ihr Sohn Pius mit Familie

Nach der Ankunft in Moldawien und einer kurzer Eingewöhnungsphase, hatten meine Eltern sofort angefangen in der Sowchose in der Landwirtschaft zu arbeiten. Überwiegend waren es Arbeiten an den Weinbergen (Bodenjäten, Rebenschneiden u.a.). So wie wir kamen in dieser Zeit noch mehrere andere deutsche Familien in die Sowchose. Der dortige Direktor Schenderev, ein Jude, wusste die deutschen Arbeitskräfte zu schätzen und nahm alle gerne als Arbeiter an. Freie Wohnungen gab es jedoch keine. Ich blieb zunächst bei meinen Tanten – sie wohnten in einer kleinen

Siedlung, bestehend aus ein paar Häusern mitten in den Weinbergen. Meine Eltern mieteten ein Zimmer bei Bekannten aus dem früheren Baden, in einem noch nicht fertig ausgebauten Haus. Wir mussten sofort bauen, um eigenständig zu werden. Man hat uns, wie auch vielen Anderen, 600 Quadratmeter erschlossenes Bauland zugeteilt. Währenddessen sind unsere Container aus Sibirien mit Holz und anderen Habseligkeiten angekommen, die Bretter fanden schnell Käufer. Die Eltern entschlossen sich zusammen mit den drei Schwestern vom Vater und seiner Mutter zum Kauf eines finnischen Fertighauses. Alle wichtigen Bauteile wurden, nach Maß geschnitten, geliefert. Die Wände mussten nach vorgegebener Größe selbst gemauert werden.

Das Haus haben wir alle zusammen gebaut. Auch die Frauen, Mama und ihre Schwestern, die drei Schwestern meines Vaters (Tante Magdalena, Tante Agnes und Tante Lisa) haben, soweit es ging, mitgeholfen. Das

1960 - Anton mit Eltern, Tante Monika aus dem Ural, Vaters Schwestern Magdalena, Agnes und Lisa mit ihren Töchtern Ida und Berta

Meiste wurde mit eigenen Kräften durchgeführt, nur die Facharbeiten wie Dachaufbau, Bodenverlegung, Elektroleitungen wurden von Handwerkern gemacht, doch recht günstig, waren sie alle Neusiedler und man half sich gegenseitig aus. Es gab Arbeit im Überfluss. Meine Eltern und Tanten waren nach der schweren Arbeit am Tage bis in die Nacht hinein auf der Baustelle. Ich mit meinen 14 Jahren galt auch schon als erwachsen und voll geeignet für diese schweren Arbeiten.

Nachdem das Dach auf dem Haus fertig aufgebaut war, sind wir eingezogen. Die Außen- und Innenarbeiten wurden nach und nach bis Herbst einigermaßen erledigt. Das größte Problem in dieser Zeit war jedoch das fehlende Geld. Man hat viel teures Baumaterial gebraucht. Zum Essen gab es nur das aller Notwendigste (die Tagessuppe aus „Makaronen", Kartoffeln und Karotten). Von Luxus war gar keine Rede, wir mussten auf Vieles verzichten.

Besuch von Rafael während seines Diensturlaubs

Diese Anstrengungen sind nicht spurlos an Mamas Gesundheit vorbeigegangen.

Die Einheimischen, die Moldawier, haben uns Neusiedler freundlich im Dorf aufgenommen. Das Leben hier lief langsamer als in der benachbarten Hauptstadt. Unter den neuen Einwohnern waren auch andere Nationalitäten, überwiegend waren es jedoch Deutsche. Wir haben uns mit unseren neuen Nachbarn gut verstanden. Es waren alles einfache, fleißige Menschen.

Hier möchte ich meine in den 30 Jahren gewonnenen Erfahrungen in Moldawien kurz beschreiben. Die Moldawier haben bei mir sehr gute Erinnerungen hinterlassen. Bis jetzt habe ich dort gute Freunde, mit denen ich immer noch Kontakte pflege. In den ersten Jahren nach unserer Ankunft existierte in unserem Dorf (und auch in den von der Hauptstadt entfernten Regionen der Republik) nur eine sehr dünne Schicht an gebildeten Menschen. Die einfachen Dorfbewohner waren sehr schüchtern, schienen etwas unterdrückt zu sein. Unter den russischsprachigen Einwohnern wurden die Einheimischen nicht selten untergeordnet. Bei der russisch sprechenden Bevölkerung war selten das Bedürfnis da, die örtliche moldauische Sprache zu erlernen, die Amtssprache in Moldawien war Russisch. Zudem wurden alle wichtigen Entscheidungen in der Republik Moldawien von Moskau aus erfasst und reguliert. Doch im Laufe der Jahre wuchs eine Schicht von moldawischen Fachleuten - Ärzte, Wissenschaftler, Schriftsteller, Dichter und andere „Intelligenz", die im Allgemeinen den „Russen" in Nichts nachstehen wollten. Das Selbstbewusstsein der Einheimischen wuchs.

Die sowjetische Regierung hatte Vieles in Moldawien aufgebaut. Was die Industrie anbelangt, so wurden viele Fabriken etwa für die Produktion von Haushaltstechnik oder Messgeräten errichtet. Allerdings waren es nur Endmontagefabriken, d.h. alle Ersatzteile und Rohstoffe kamen von außerhalb der Republik. Das war später unter anderen, der Grund warum nach der Unabhängigkeit der Republik in den 90er Jahren die Industrie

1961 - Tante Brigitta, Mischa mit Tochter Marianne, Schwester Maria, Frau Maria und Tante Mathilda

einen nahezu totalen Ausfall erfahren musste.

In dieser Zeit waren die Deutschen aus dem ehemaligen Baden in der gesamten Sowjetunion zerstreut. Einige wohnten an anderen Orten in Moldawien, Andere im Ural (Stadt Krasnokamsk), auch in Kasachstan waren Welche (die Geschwister vom Michael in Karaganda). Wir wohnten in unserem Dorf Stawtscheni in der Nähe der Hauptstadt Kischinev. Für Viele aus unserem Bekannten- und Verwandtenkreis aus anderen Gebieten der Republik Moldawien war die Hauptstadt ein essentielles Ziel, waren hier doch die wichtigsten Behörden, Kliniken, Warenhäuser und Märkte lokalisiert. Auch gab es in der Stadt die einzige katholische Kirche. Aus diesen Gründen war unsere Wohnlage doch sehr günstig, das wussten die Leute aus anderen Orten zu schätzen. Es gab fast keine Hotels in der Stadt, und wenn, dann waren diese teuer. Während eines Hauptstadtbesuchs haben Viele bei uns einen Zwischenhalt mit Übernachtungen eingelegt.

Auch andere Verwandte im Dorf wie meine drei Tanten Reinbolds in der anderen Hälfte unseres Hauses, die Familie meiner Tante Maria Geilfuß, unser Michael mit seiner Frau Maria sowie Lisa und Nikolaus Leli waren gastfreundlich zu Besuchern.

Unsere Häuser waren durch Besucher häufig belegt. Für die Eltern einerseits war es eine gute Gelegenheit die Verwandten oder Bekannten wieder zu sehen. Welch eine Freude war das immer, als man Freunde und Verwandte nach langer Zeit wieder traf. Andererseits lag die Hauptlast (Essensvorbereitung, Betreuung, Bettwäsche und alles was zu den Aufgaben des Gastgebers dazugehört) auf den Schultern meiner Mama.

Unter unseren Leuten war es üblich, die Gäste möglichst gut aufzunehmen, Gastfreundschaft war das A und O. Zum Schluss hat man die Gäste, die außerhalb Moldawien aus den nördlichen Regionen kamen, auch noch mit Obst und Trauben für den Rückweg versorgt. Wie gesagt, unsere Eltern freuten sich auf die Gäste, obwohl Vater manchmal gescherzt hatte:"Man freut sich zweimal auf den Gästebesuch – einmal beim Kommen und einmal beim Gehen".

Eine besondere Freude waren natürlich die Besuche meines Bruders Rafael, später zusammen mit seiner Frau Violetta mit Tochter Veronika aus Wladiwostok. Für Mutter eine Gelegenheit, alle engsten Familienmitglieder bei sich zu haben. Wie viel Liebe schenkte sie ihrer ersten Enkelin, sie wollte alles zu ihren Füßen legen. Das beste Obst wurde angeboten und es wurde immer beklagt, dass die Kleine zu wenig aß. Einige Verwandte hatten fast jeden ihrer Urlaube im Sommer bei uns im, wie sie sagten, „Obst-Land" verbracht. Die Tante Monika, Witwe unseres Onkels Rafael, die aus dem Ural kam, war so etwas wie unser Sommerbote. Oft war es so, dass

Einige ohne Voranmeldung anreisten, oder kaum waren einige Gäste aus dem Haus, da standen schon sich freuend Andere vor der Tür. Manchmal kamen Menschen, die wir kaum kannten. In dieser Zeit waren unsere Häuser begehrte Hotels in einem warmen Land im Süden. Dabei sollte erwähnt werden, dass unsere Haushälfte nur aus zwei Zimmern mit einer Küche bestand. Wie wir uns da wohl fühlten, wir mit den Eltern zusammen mit den Gästen – schwer zu beschreiben. Wohl oder übel wohnten wir auch früher in Sibirien jahrelang frei nach dem russischen Sprichwort: wie die Heringe im Fass, eng und durcheinander aber ohne Kummer („как селедка в бочке; в тесноте да не в обиде").

Nur manchmal waren es doch zu viele Gäste. Mama hatte kaum Zeit zur Ruhe zu kommen, immer in Arbeit, immer im Stress. In manchen Fällen, als sie völlig übermüdet da stand, hatte ich sie einfach ins Bett geschickt und die Tür hinter ihr zugemacht. Ich habe schon damals meine Mama öfters gebeten, etwas Kürzer zu treten. Daraufhin hatte sie immer nur gesagt: „Ich kann nicht anders und es ist ja nichts Besonderes!" Die Gesundheit meiner Mutter litt sehr, es war offensichtlich – mit den Jahren nach und nach.

Wie es im Dorf üblich war, hat im Frühling die Arbeit auf den Feldern angefangen und erst im späten Herbst nach der Ernte Ausklang genommen. Wir hatten nach unserer Ankunft von der Sowchose Land für eigene Zwecke zur Verfügung bekommen (etwa 400-500 Quadratmeter) und dort Kartoffeln und Gemüse angepflanzt. Dank intensiver Pflege im Sommer und Herbst (Umgraben, Aussähen, Jäten, Ernten) hatten wir immer eigenhändig gepflanzte Lebensmittel. Direkt am Haus hatten wir ca. 200 Quadratmeter Land für Tomaten, Kartoffeln und einige Obstbäume. Wir hielten auch einige Hühner und ein Schwein. Die Pflege der Tiere kostete auch viel Zeit. Die Hausarbeiten wurden vorwiegend durch die Frauen erledigt. Im Herbst war die Zeit der Vorbereitung für den Winter (Obst und Gemüse einlegen, Kompott und Marmelade kochen, Fleisch salzen und räuchern), man hat sich mit allem Notwendigen selbst versorgt. Wir hatten auch immer unseren selbstgemachten Wein, darauf war besonders Vater stolz. Beim Mittagessen und vor allem beim russlansdeutschen „Kraut mit Krumbera und Fleisch" gab es immer Wein, frisch aus dem Kellerfass. Nach dem ersten Glas musste die Mama uns immer mitteilen, wie sehr sie schon „besoffen" war.

Ich kann mich an die herrlichen Hochzeiten erinnern, die im Herbst fröhlich zelebriert wurden. Mit obligatorischer Hühnersuppe, dem der Braut gestohlenem Schuh und Ähnlichem. So fleißig wie man gearbeitet hatte, so ausgelassen feierte man auch.

Es war vor allem unsere Lisa Leli (meine Cousine), die es immer hinbekommen hat, tolle Feier zu organisieren. Sie mit ihrer Schwester Julia waren die Lieblingsnichten der Mama. Dies beruhte auf gegenseitigem Respekt. Mit ihnen hatte sie früher in Sibirien und in Moldawien intensiven Kontakt.

Hochzeit von Ignaz und Katja Geilfuß. Am zweiten Tag wird weiter fleißig gefeiert. Die Beiden sind nicht auf dem Bild zu sehen.

Im Winter hatten wir etwas mehr Zeit für uns. Weihnachten und Silvester waren auch nicht weit. Oft kamen abends bekannte Leute aus dem Dorf zu uns, katholisch, die meisten ursprünglich aus den Kutschurganer Gebiet stammend. Wir hatten eine große Küche und die war häufig voll mit Menschen. Mama war unangefochten die dominierend Kraft und wissend in allen Vorgängen des Glaubens. Es wurde häufig gemeinsam gebetet. Danach wurde stundenlang über („Ta Haam" – Baden) diskutiert und zusammen viel gesungen. Dass die Mama das alles führte, organisierte und verwaltete war für alle selbstverständlich. Ich saß oft im Wohn-/Schlafzimmer mit meinen Hausaufgaben und sah diesen Szenen zu.

Der Glaube war für die Mutter eine wichtige Stütze im Leben. So wie sie alles gründlich und ohne Kompromisse machte, so war es auch mit ihrem Glauben. Die katholische Kirche in Kischinev wurde etwa zu gleichen Anteil von Deutschen und Polen heimgesucht. Die aktivsten im Kirchenleben waren die Polen. Die Deutschen hielten sich etwas abseits. Man unterhielt sich meistens nur kurz mit den Kirchenbesuchern, enge, freundschaftliche Beziehungen wurden hier kaum geknüpft. Einige unterstellten den Polen ein wenig Hinterlistigkeit. Ich sah es nicht unbedingt so.
Anders war es bei Mutter. Sie war auch unter Polen sehr beliebt. Sie war allen Menschen gegenüber offen, ohne

Vorurteile, hat ihre Taten konsequent und ehrlich verfolgt und wurde auch dafür belohnt. Sie hatte unter vielen polnischen Gläubigen sehr gute Freunde. Diese waren oft bei uns zuhause. Das Verhältnis war offen und es ging in den Gesprächen beim Weiten nicht nur um die Religion. Es wurden Familienangelegenheiten, die täglichen Probleme angesprochen, das alles war reichlich mit Spaß und Witzen gemengt. Mama war bei diesen Leuten zu vielen Familienfesten eingeladen. Einmal hat sie nach der Teilnahme an so einem Fest uns über den dort reich gedeckten Tisch erzählt. Da habe ich sie gefragt, was sie persönlich beim Essen genossen hat. Die Antwort war erstaunlich. Aus den vielen Leckerbissen hat sie überwiegend Salzheringe gegessen. „Warum aber nicht die besseren Gerichte?" - „Ja die Heringe hatte ja kaum ein Anderer berührt, und die müssten doch auch aufgegessen werden. Und so frech zu sein, um nur sich die besten Sachen herauszuwählen, konnte ich nicht!" Für uns war das unglaublich.

Auch mit den Pfarrern bestand eine herzliche Übereinstimmung. Die Tatsache, dass sie die einzige Deutsche im Kirchenrat war, spricht für sich. In einem Jahr wurden sie und einige Wenige zu einer kleinen Gruppe auserwählt, die gemeinsam mit dem Pfarrer einige Gemeinden in der Republik Kirgisien besuchen durften. Über den Zweck dieser quasi Dienstreise kann ich jetzt nichts sagen, es war wohl eine Art missionarischer Ausmarsch. Sie hatten dort auch eine kleine Tour zu dem Bergsee Issik-Kul unternommen. Für Mama war das einer der Höhepunkte in ihrem Leben. Sie hat andere Leute, neue, exotische Gegenden entdeckt. Die Fahrt allein unter Glaubensfreunden hat sie genossen. In allen Jahren waren es, soweit ich es beurteilen kann, nur zwei ungezwungene, große Reisen, die man wohl als Urlaube bezeichnen kann und die ihr solche Freude gebracht hatten.

Neben der erwähnten Reise nach Kirgisien war unser Besuch bei Rafael und seiner Familie in Wladiwostok 1972 die zweite Reise, die Mama unvergessen blieb. Diesen Fernostbesuch habe ich teils mit einer Dienstreise in meiner Promotionszeit verbunden. Wir flogen über Moskau, Chabarowsk nach Wladiwostok. Wir besuchten die bedeutenden Stellen in der Stadt, machten einen Ausflug auf eine Insel. Alles war sehr beeindruckend für uns alle. Im einzigen Zimmer von Rafael schliefen wir mit Rafael auf Klappbetten und die Mama in einem Bett zwischen uns. Mama hat nachher oft erwähnt, wie glücklich sie sich dabei gefüllt hatte, als ob die Zeiten aus unserer Kindheit wieder zurückkamen.

Anfang der 60er Jahre wurde die Kirche in Kischinev von den Religion-feindlichen Behörden nach irgendeinem Vorwand geschlossen. Diese Praxis herrschte in der gesamten UdSSR, die Religion hatte sozusagen viele Jahre Stillstand erleben müssen. Der Pfarrer kam dennoch weiterhin in die Häuser der Gläubigen, zur Taufe oder zum Begräbnis, nur waren es diesmal immer inoffizielle, unangekündigte, halb verdeckte Besuche. Bestimmt hatte er deswegen auch viel Ärger mit den Vertretern der Behörden für religiöse Angelegenheiten erleben müssen.

Das waren jedoch nicht mehr die skrupellosen Zeiten des Stalinismus. Die Katholiken haben nicht aufgehört, um ihre Kirche zu kämpfen, mit einem kleinen Erfolg: eine schon seit Jahren stillgelegte armenische Kirche, innen total verwüstet, wurde für die Katholiken freigegeben. Diese Kirche war von der Größe her nur etwa ein Viertel der alten Kirche und sehr renovierungsbedürftig aber immerhin ein großer Erfolg.
Zu der Zeit habe ich mit Erstaunen eine äußerst enthusiastische

1969 - Besuch von Rafael, Veta und Veronika in Moldawien

Geschlossenheit aller Gläubigen, mit viel persönlichem Einsatz bei den Renovierungsarbeiten erlebt. Jeden Tag kamen viele Freiwillige und arbeiteten mit großer Leidenschaft an der Kirche. Meine Mutter zu liebe war auch ich einige Tage dabei und habe mitgeholfen. Einmal habe ich dem Pfarrer dabei geholfen, die alte Orgel aus mehreren zerlegten Teilen zusammen zu bauen. Die kreativen Fähigkeiten des polnischen Pfarrers bei diesen Arbeiten waren beeindruckend. Der Mann konnte alles, sprach auch gut Deutsch.

Nach den schweren und erniedrigenden Zeiten nach dem Krieg hatten die Russlanddeutschen sich mit dem damaligen, wenn auch relativen geringen Wohlstand begnügt. In diesen Zeiten haben die Leute sich gefreut, dass man Essen, Unterkunft und freie Bewegungsmöglichkeiten gehabt hatte. Die meisten Erwachsenen konnten nie lange in der Schule lernen können, sie hatten auch kaum Gelegenheit dazu. Entsprechend hat sich eine gewisse Trägheit, was die Förderung der Bildung ihrer Kinder anging, eingeprägt. Es war Vielen vollkommen ausreichend, wenn ihr Kind einen Handwerkerberuf erlernen konnte. Nun aber kam die Zeit, wo man auch höhere Ziele in Betracht nehmen konnte, denn die Kinder bekamen immer mehr Möglichkeiten zu lernen und gar zu studieren.
Unsere Mutter war hier ein gutes Beispiel. Sie hat sich immer um unsere Erfolge in der Schule interessiert, kam regelmäßig in die Schule, hat auch mit nötigem Druck Kontrollen der

Arbeiten und Hausaufgaben durchgeführt. Respektvoll sprach sie über Menschen mit Bildung. Sie selbst hat regelmäßig religiöse Schriften studiert und hat sich entsprechend gefreut, wenn wir Bücher gelesen haben.

Mittlerweile hatten auch die ersten Deutschen Zugang zum Studium an einer Hochschule bekommen. Ich glaube, ich war einer der Ersten in der ganzen Sowchose, der an einer Universität in der Hauptstadt studieren anfing. Wegen der damals schlechten finanzieller Lage, hatte ich mich entschieden im Abendstudium zu lernen. Auf mein Studium an einer Hochschule war Mama sehr stolz. Sie hat alles Mögliche unternommen, um mir störungsfreie Bedingungen zum Lernen zu schaffen. Während der Vorbereitungszeit auf die Prüfungen (zwei Mal im Jahr wurden je 20 Tage bezahlten Urlaub vom Staat zur Verfügung gestellt) herrschte bei uns zu Hause absolute Stille. Ich erinnere mich gerne, dass es sehr, berührend war, wenn sie zu mir leise reinkam als ich lernte, ohne viel zu reden, einen Teller mit vorbereitetem Obst zum Verzehr vor mir stellte und ohne ein Wort wieder raus ging. Der Respekt vor dem Lernenden hatte aber mich selbst nicht von meinen Verpflichtungen bei den Haus- und Gartenarbeiten befreit. Vor jedem Examen wünschte sie mir Erfolg und Gotteshilfe und konnte es nicht erwarten bis ich meine erreichten Noten ihr vorzeigen konnte.

Ein bewegender Vorfall, glücklicherweise mit gutem Ausgang, hat sich an einem Morgen zu Hause ereignet. An diesem Tag fand eine wichtige Prüfung an der Uni statt. Schon am vorherigen Tag habe ich meine Examenskarte, auf der alle erzielten Noten der jährlichen Prüfungen eingetragen waren, auf den Tisch im Wohnzimmer abgelegt. Morgens konnte ich die Karte aber nicht finden. Ich habe alles überprüft, jeden Winkel der Wohnung auf den Kopf gestellt. Dann hat man sich erinnert, dass meine sechsjährige Cousine Berta, von der anderen Hälfte des Hauses, am Tag vorher bei uns im Haus gespielt hatte. Sofort haben wir die kleine blonde und puppenhübsche Berta samt ihrer Mutter zu uns gerufen und höflich über das Verschwinden der Karte befragt. Berta hat das Mitnehmen des auffälligen Papieres konsequent verneint. Neue Befragungsmethode wurde dann angewendet: „Bertele, Kind, wenn Du es sagst, so kriegst Du die Bonbons, die Du so gerne isst, sei so lieb". Plötzlich zeigte diese Methode Wirkung: „Ja, ich habe es genommen". - Gott sei Dank! - „Wohin hast Du das Papier hingelegt?" – „Weiß nicht!" So ging es weiter. Zum Verzweifeln! Und plötzlich, oh Wunder, ich hob rein zufällig ein auf dem Tisch liegendes Blatt Papier auf – das Gesuchte war gefunden! Jemand hat ein kleines Blatt Papier, das genau so groß war, wie die Karte, ganz genau auf diese gelegt und es vollständig verdeckt.

Die Jahre vergingen, wir hatten in unserem Haus noch einen Raum angebaut. Nun hatte ich ein Zimmer für mich selbst. Ich habe geheiratet, und wir mit meiner Frau Alla lebten mit den Eltern zusammen. Alla als Ukrainerin entsprach aufgrund ihrer Nationalität nicht den Wünschen meiner Eltern. Während der langen Jahre der Existenz in den deutschen Kolonien in Russland waren die Menschen durch ihren Glauben, ihre Sprache, ihre Kultur und ihre Herkunft und Geschichte miteinander verbunden. Man hat dies alles auch in der fremden Umgebung über Jahrhunderte gepflegt und beibehalten. Nun, die Nachkriegsjahre in Sibirien haben meine Eltern gezwungen, vieles, früher ungewöhnliches, als gewöhnlich zu akzeptieren und anzunehmen. Letztendlich ging es bei Mama um den Menschen. Sie hat die Schwiegertochter bedingungslos anerkannt, akzeptiert und geschätzt. Die Beziehung zwischen den Beiden beruhte auf gegenseitigem Respekt. Und das alle Jahre ohne Macken und Konflikte. Das Gleiche kann man über die Beziehung der Mama mit Violetta, der Frau von Rafael, behaupten. Keine der Schwiegertöchter wurde in einer Art und Weise bevorzugt.

Mama übernahm die Patenschaft im Rahmen der Taufe für einige Kinder, die, nach ihrer Meinung, unterstützt werden mussten, da entweder ein Elternteil fehlte oder die familiäre Lage es verlangte. Ich denke, in diesem Zusammenhang können beispielhaft zwei damalige Mädchen, jetzt selbst

Mütter, Lidia Axtmann und Irma Panjan viele gute Worte über die Mutter sagen. Mama war nicht nur ihre Patentante, sondern viel mehr wie eine Mutter. Sie waren oft bei uns im Hause und wurden von der Mutter immer herzlich empfangen und unterstützt.

Vier Jahre wohnten wir mit den Eltern zusammen bis ein kleines Wunder, unsere Tochter Lisa, das Licht der Welt erblickte. Drei Jahre später kam noch unsere zweite Freude, der Sohn Michael, dazu. Es sind zwei herrliche Kinder, die sich jeder nur wünschen konnte. Nur das Glück mit der Lisa hatte ein bitteres und schreckliches Ende. Dadurch sind wir für immer gezeichnet.

Mama äußerte sich einmal, wie sehr sie sich wünschte, bei der Erziehung ihrer Enkel mitzuhelfen und ihr Heranreifen zu beobachten und genießen. Das hätte ich ihr vom ganzen Herzen gerne gegönnt. Das Glück und die Freude, welche die Enkel einer Oma geben, konnte sie noch mit Lisa und Veronika miterleben. Das konnte sie mit Mischa leider nicht mehr. Sie konnte ihn nur einige Male sehen. Neun Monaten lag sie ununterbrochen im Krankenhaus bis zu ihrer letzten Operation. Ein paar Mal habe ich sie mit dem Taxi zu uns aus dem Krankenhaus abgeholt. Da konnte sie Mischa so zu sagen ihren letzten Segen mit auf den Weg geben.

Schon seit mehreren Jahren in Moldawien ging es ihr gesundheitlich nicht gut. Vater hat darauf gedrängt, sie sollte aufhören zu arbeiten. Also blieb sie zu Hause, nur gelegentlich hat sie für einige Monate pro Jahr gearbeitet. Als sie dann das Rentenalter mit 55 Jahren erreicht hatte, stellte sich heraus, dass ihr überhaupt keine Rente zustand. Wieso? Da habe ich mich sehr gewundert. Laut damaligem Gesetz musste eine Person mindestens 20 Jahre Beschäftigung durch Eintrag im Arbeitsbuch nachweisen können, um eine Rente zu bekommen. Das war die Hauptbedingung. Man konnte aber auch mit weniger Arbeitsjahren eine kleinere Rente bekommen. Der Arbeitnehmer musste aber in diesem Fall im letzten Jahr vor dem Antritt des Rentenalters unbedingt arbeitstätig gewesen sein. In diesem Falle reichten sogar nur fünf Arbeitsjahre, nur mussten diese halt vor der Rente getätigt werden. Meine Mama hatte aber vor der Rente nicht gearbeitet und konnte nur knapp 19 Arbeitsjahre nachweisen, sodass sie leer ausging. Es war paradox, das konnte ich nicht begreifen. Ich war bei diversen Behörden und von dort kam immer die gleiche Antwort: „Paradox, aber so lautet das Gesetz!"

Obwohl Mama ihr ganzes Leben gearbeitet hatte, konnten die Zeiten der Arbeit in der Kolchose vor dem Krieg nicht angerechnet werden, weil die Kolchosen selbst für die Altersversorgung sorgen müssten. Die Kolchosen waren aber nicht im Stande das zu sichern. Die Zeiten der deutschen

Besatzung und Vertreibung zählten natürlich auch nicht für die Rentenkalkulation.

Die erste Ausreisewelle nach Deutschland
Nach der Abschaffung der Kommandantur 1955-1956 war unter den Deutschen ein gewisses Erwachen des nationalen Selbstbewusstseins zu beobachten.
Es wurden wieder Zeitungen in deutscher Sprache erlaubt, es öffneten einige deutsche Theater. Die Deutschen konnten zwar entspannter leben, doch sie waren immer noch im ganzen Land zerstreut und auch nicht gleichberechtigt mit anderen Nationen. Der Assimilierungsprozess war zwar im vollen Gange, doch haben sich die meisten Deutschen in dieser Zeit ihre Sprache und Kultur nicht nehmen lassen.

Die tragische Geschichte der Wolgadeutschen nach dem Anfang des Krieges soll kurz erwähnt werden. Bis 1941 existierte an der Wolga im Rahmen der UdSSR die Autonome Sozialistische Republik der Wolgadeutschen. Nach zwei Monaten des Krieges wurde am 28. August 1941 der Erlass des Präsidiums des Obersten Sowjets der Union der SSR "Über die Umsiedlung der Deutschen, die in den Wolgagebieten wohnen" veröffentlich. Unter falscher Anschuldigung der totalen Spionage der Bevölkerung wurde die Republik aufgehoben und die ca. 376.000 Deutschen in den Ural, nach Sibirien und andere Regionen der UdSSR deportiert. Die Männer und viele Frauen wurden weiterhin in die „Arbeitsarmee" mobilisiert, wo sie unter unmenschlichen Bedingungen hinter Stacheldraht arbeiteten müssten. Sehr viele haben das nicht überlebt.

Und gerade viele überlebende gebildete Intellektuelle aus der früheren Wolgarepublik haben nach der Aufhebung der Kommandatur den Mut genommen, über die Wiederherstellung der autonomen Deutschen Republik nachzudenken und dafür auch zu kämpfen. Bis zum Obersten Sowjet konnten die Aktivisten vordringen mit der Bitte um die Wiedergutmachung und Ausrufung der Deutschen Autonomen Republik. Hier sage ich ausdrücklich, dass es als „Bitte" vorgetragen wurde, denn von einer „Forderung" konnte gar keine Rede sein. Die Antworten von Oben waren ein endloses Manövrieren, Halbversprechungen, unverschämte Angebote von Gebieten für eine neue Republik in nicht bewohnbaren, z.B. radioaktiv verseuchten Gebieten usw. Hier zeigte der arrogante russische Großmachtchauvinismus sein wahres Gesicht.
Die Tatsache, dass in den Heimatorten der Wolgadeutschen mittlerweile Russen und andere Nationalitäten wohnten, die sich klar gegen die Idee der Heimkehr der Deutschen stellten, tat ihr übriges.

Die Regierung und die Einheimischen von Kasachstan, wo theoretisch genügend Land zur Verfügung stand, haben es kategorisch abgelehnt, ihr Territorium für eine von ihnen verhasste Deutsche Republik zu stellen.
Parallel dazu gab es die Idee über eine endgültige Ausreise nach Deutschland. Welche Bewegung stärker war? Ich denke am Anfang waren die Überzeugungen etwa gleich stark ausgeprägt. Viele Jahre lang waren die Grenzen nach Westen fest geschlossen. Deutschland dagegen war nach dem Krieg zur Wiedergutmachung der Kriegsschuld bereit zur Aufnahme von Flüchtlingen.

Nur die Zeit und mehrere Regierungs-Wechsel änderte Vieles in der UdSSR. Die neuen Mächte zurzeit von Breschnev konnten sich nicht mehr ganz abgeschottet hinter dem Eisernen Vorhang verstecken. Im Jahre 1970 wurde der Moskauer Friedensvertrag zwischen der Bundesrepublik Deutschland und der UdSSR unterzeichnet. Dabei wurde die Frage der Familienzusammenführung von Russlandsdeutschen direkt besprochen.
Danach wurde die erste Konferenz über Sicherheit und Zusammenarbeit in Europa vorbereitet und schließlich in Helsinki 1975 abgehalten. Die Konferenz war von einem Tauschgeschäft geprägt: Für den Ostblock brachte sie die Anerkennung der Grenzen der Nachkriegsordnung und einen stärkeren wirtschaftlichen Austausch mit dem Westen. Im

Gegenzug musste der Osten Zugeständnisse bei den Menschenrechten machen.

Das, was die Meisten für unmöglich hielten, wurde plötzlich Wahrheit, die Ausreise der Russlandsdeutschen nach Deutschland wurde möglich. Die sowjetische Führung wollte positive Signale setzen, andererseits wagten sie auch ein Experiment, um herauszufinden, in welchem Umfang der Ausreisewillen unter den Menschen verbreitet war. In 1972 wurde den ersten Familien tatsächlich erlaubt in die Bundesrepublik auszusiedeln. Zwar mussten Einladungen zur Einreise von den nächsten Verwandten aus der Bundesrepublik bei den Behörden vorgelegt werden, doch hielt dies die Ausreisewelle nicht auf. Die meisten reisewilligen Familien, unter ihnen auch unsere Verwandten, konnten mit einer Erlaubnis rechnen und wanderten nach Westdeutschland aus. Die Ersten in unserer Sowchose, die nach Deutschland fuhren, waren Familien von Johannes Ochs und meiner Cousine Lisa und ihrem Mann Nikolaus Leli. Die meisten Deutschen in der Sowchose sind in die BRD ausgereist. Nur Wenige haben den Weg in die DDR gewählt.

Unter den Verbliebenen waren auch wir. Wir wohnten ab dem Jahr 1975 bereits in Kischinev und waren noch nicht so weit. Ich war gerade mit der Vollendung meiner Promotion beschäftigt und dachte über eine Kariere in der

Chemieforschung nach. Ansonsten waren auch der Eltern meiner Frau dagegen.

Meine Eltern wären zu der Zeit gewiss gerne nach Deutschland gezogen, doch für sie war das nur in Begleitung ihrer Kinder möglich. So sind sie weiterhin zurückblieben.

Im Nachhinein bin ich sicher, dass der rechtzeitige Umzug nach Deutschland für die Mutter viel bessere Chancen für die Behandlung und Heilung ihrer Krankheit bedeutet hätte.

Mit uns ist auch meine Tante Mathilde geblieben. Meine Tante Brigitta war bereits 1965 verstorben. Sie litt unter starker Hypertonie, wurde gegen den hohen Blutdruck von den Ärzten nicht konsequent behandelt und über die Folgen der Krankheit nicht aufgeklärt. Nach einer anstrengenden physischen Arbeit erlitt sie eine tödliche Gehirnblutung.

1975 - Tante Mathilda mit uns in Moldawien, beim Kartoffelschälen

Drei Jahre blieb Tante Mathilda mit uns in Moldawien, danach ist auch sie nach Deutschland gezogen. In ihrem schwachen Gesundheitszustand war das die richtige Entscheidung, war doch die medizinische Versorgung in Deutschland besser. Ich habe sie damals nach Moskau begleitet, wo sie weiter nach Deutschland geflogen ist. Das war die erste Trennung der beiden Schwestern in ihren gesamten Leben, so viele Wege sind sie zusammen gegangen. Der letzte wortlose traurige Blick meiner Mutter zu ihrer Schwester Mathilda als wir im Zug aus dem Fenster herausschauten, bleibt mir für immer in Erinnerung.

1979 - bereits in Deutschland

Das Hauptleiden der Mama waren Gallensteine (Cholelithiasis, Cholezystitis - холецистит auf Russisch). Die Symptome waren heftige, krampfartige Schmerzen im Oberbauch sowie im Rücken, oft begleitet mit Übelkeit, Erbrechen und Fieber. Die Schmerzen plagten die Mama anfallsweise zwischen wenigen Minuten und mehreren Stunden.

Die Krankheit zog sich qualvoll jahrelang hinweg, sie wurde auch korrekt diagnostiziert, jedoch von den Ärzten nicht richtig behandelt worden. Letztendlich war sie Ursache ihres Todes. Aber bis es dazu kam, vergingen mehrere Jahre unter Schmerzen, sie musste unter den Anfällen leiden. Das waren anfangs kurzandauernde Schmerzen. Später wurde es ernster, sodass mehrmals Krankenwagen gerufen werden mussten, um sie in die Notaufnahme zu bringen. Dies passierte sowohl tagsüber aber auch am späten Abend. Immer wurde sie nach dem gleichem Schema untersucht und behandelt: Blutabnahme, Fieber messen und ggf. eine Beruhigungsspritze geben, anschließend wurde sie sofort nach Hause entlassen. Mehrere Male bat ich die Ärzte, sie stationär anzunehmen. Darauf immer die gleiche Antwort: „Wir haben keine freien Plätze, wenden Sie sich an Ihren Therapeuten". Einmal musste ich sie um zwei Uhr Nachts nach Hause zu Fuß bringen, Taxi konnte man nicht mehr bestellen und auf meine Bitte, sie im Krankenhaus bis zum Morgen zu behalten, kam die Antwort: „Wir sind kein Hotel". Der behandelte Therapeut wollte auch keine Einweisung zur stationären Behandlung zustimmen, es wurden nur Arzneimittel verschrieben, die jedoch das Fortschreiten der Krankheit nicht aufhalten konnten. Es war einfach ein Teufelskreis. Ich war damals jung, ehrlich erzogen und kam nicht auf die Idee, dass das Problem durch ein Bestechungsgeld bei den Ärzten gelöst werden könnte.

Nach drei aufeinander folgenden schweren Anfällen wurde sie doch im Krankenhaus stationär aufgenommen und auch operiert. Doch auch hier hatte sie Pech – während der fünfstündigen Operation haben die Ärzte gepfuscht und irreparablen Schaden am Gewebe hinterlassen. Nach dieser Operation folgten noch zwei weitere, die schließlich zum Ende führten. Das Leiden nach der ersten missglückten Operation dauerte drei Jahre. Vor der letzten Operation, die wahrscheinlich überflüssig war, musste sie ganze neun Monate im Krankenhaus verbringen. Die operierenden Ärzte hatten das Nachsehen, nur es half nichts mehr. Diese neun Monate waren für die Mutter ein ständiges Auf und Ab, Hoffnung und Verzweiflung im ständigen Wechsel. Ich und Vater waren

1978 - das letzte Foto im Krankenhaus

praktisch jeden Tag bei ihr, oft mit der kleinen Lisa. Ich habe ein gutes Gewissen, mein Bestes für sie in ihren letzten Tagen und Stunden getan zu haben.

Ihrem Wunsch nach, habe ich am Vorabend der Operation den Pfarrer zum Beichten ins Krankenhaus geholt. Sie wollte, dass ich beim Beichten dabei sein sollte. Der Pfarrer hat mich aber hinaus gebeten. Die Frage, „Warum Mama meine Anwesenheit beim letzten Beichten sich so wünschte?" - bleibt mir für immer unbeantwortet.

An dem Abend vor der letzten Operation hat sie mir und meinem Vater ihren letzten Willen mitgeteilt. Dabei hat sie meinen in Wladiwostok lebenden Bruder Rafael ausdrücklich mit einbezogen. Nach ihrem Wusch sollten die für sie wertvollsten alten Kirchenbücher unter uns verteilt werden. Für mich das Buch vom heiligen Antonius, dem Patron der studierenden Jugend. Das vorhandene Geld sollte geteilt werden, ein Teil des Geldes dem Rafael geschickt werden. Und die letzte Anweisung war: „Lebt miteinander immer in Frieden und streitet nicht wegen dem Geld". Dies ist für mich unvergesslich.

Sie wurde nicht mal volle 65 Jahre.

Von den Verwandten aus der Generation meiner Mama ist zum heutigen Zeitpunkt keiner mehr am Leben. Mama´s letzte

Schwester, Tante Mathilda und ihr Bruder Josef sind in Deutschland gestorben sowie auch alle vier Schwestern von Vater. Auch unser Michael ist jung von uns gegangen.

Die Cousins/Cousine väterlicherseits, Ignaz, Josef, Katja und Anton Reinbold bzw. Geilfuß sowie Ida Panjan und Berta Korb leben glücklich mit ihren Kindern und Enkeln.

Die Nachkommen dieser Familien, die Kinder und Enkeln leben heute zerstreut in Deutschland – in Neu Anspach, Bischofsheim, Nauheim, Reutlingen, Kreuztal, Haltern, Hannover, Karlsruhe, Heilbronn, München u.a.

Nachwort

Diese Aufzeichnungen habe ich mit großer Liebe und Dankbarkeit nach dem besten Willen erstellt. Unabhängig des literarischen Wertes, habe ich versucht, nicht nur die einzelnen Ereignisse und Episoden aus dem Leben meiner Mutter zu beschreiben, sondern auch großen Wert auf die jeweilige politische Situation, die Umgebung und die geschichtlichen Umstände gelegt. Vielen, besonders den jüngeren Leuten sind die Ereignisse des vorigen Jahrhunderts kaum bekannt und sind schwer nachzuvollziehen.

Mama mit 60 Jahren

Zwei Menschen sind in meinem Leben die wichtigsten Personen, die mir viel gaben und sehr viel bedeuten, es sind meine Mutter Johanna und meine Tochter Lisa. Die Beiden

Lisa! Wenn die Liebe einen Weg zum Himmel fände und Erinnerungen zu Stufen würden, dann würde ich hinaufsteigen

waren in mehreren Hinsichten für mich sowohl die Sonne als die Erde – ihre wärmenden Strahlen und ihre Stütze gaben mir Halt und Standfestigkeit. Ihre Charaktereigenschaften waren ähnlich.

Das Leben meiner Mama war nicht leicht und mit Nöten, doch es wäre falsch, sie dementsprechend etwa mürrisch, launisch oder pessimistisch vorzustellen. Ganz im Gegenteil, ihr ganzes Leben lang, bei allen Schicksalsschlägen war sie optimistisch, im Hause konnte man sie immer singen hören („Wo man singt, da lasse Dich nieder, böse Menschen haben keine Lieder"), sie war immer gut für einen Scherz. Ich denke, der Glauben gab ihr immer neue Kräfte.

Jeder Mensch hat das Recht, respektvoll behandelt zu werden, egal welchen Ursprungs oder Nationalität er ist. Das waren die Einstellungen sowohl von Mama als auch von Lisa.

Unsere älteren Generationen von Russlandsdeutschen lebten in einer turbulenten, schweren Zeit, in der Schicksalsschläge unvermeidlich die Menschen hart trafen. In solchen Jahren hatte das Menschenleben nicht viel bedeutet. Die Verstrickungen des Lebens haben sie schwer gezeichnet aber nicht gebrochen. Sie haben uns das Leben und die Hoffnung auf eine bessere Zukunft mitgegeben. Und vor allem unsere Mütter haben höchsten Respekt verdient.

Für mich war meine Mutter auch wie mein bester Freund, man konnte sich immer auf sie verlassen und auf sie zählen. Wir haben uns auch ohne Worte sehr gut verstanden, seelische Nähe oder Seelenverwandtschaft sagt man wohl dazu.

Das Besondere an meiner Mutter war die Ehrlichkeit und Offenheit. Sie war klug und standfest, war für alle hilfsbereit, hatte Mitgefühl zu Schwächeren und Notleidenden. Vom Charakter her war sie eine starke Persönlichkeit. Und zwar eine dominante Persönlichkeit im positiven Sinne dieses Wortes, sie hatte Führungseigenschaften. Mit viel Fleiß hat sie Vieles auf ihren schwachen Schultern tragen können. So ist sie bei mir und so soll sie in Erinnerungen bleiben. Meine tiefe Verbeugung hat sie verdient.

Ich möchte aber diese Erinnerungen nicht mit einer pessimistischen Note beenden. Das Leben geht weiter. Wir

Timm, Lisa und Davis

Leon Mika, Birgit (Biggi) und Michael (Mischa)

haben wunderbare Enkel Timm, Davis sowie den kleinen Engel Leon. Alle bringen uns viele Freude und Stolz. Unser Sohn Michael mit seiner Frau Birgit sind unsere Stütze. Auch den Familien vom Rafael und seiner Tochter Veronika geht es gut. Veronika hat einen tüchtigen und verlässlichen Mann Alexej, ihre Kinder Georg und Julia gehen zielstrebig ihren Weg.

Es bleibt nur zu wünschen, dass alle nicht nur Glück sondern auch immer einen Schutzengel in ihrer Begleitung haben.

Impressum
Herstellung und Verlag:
BoD-Books on Demand, Norderstedt
ISBN: 978-3-7322-8987-5